代言人

林子晴等 著

國立臺灣師範大學
第24屆紅樓現代文學獎
暨 全國高中紅樓文學獎
得獎作品集

第二十四屆紅樓現代文學獎

院長序

二〇二五年，對於國立臺灣師範大學文學院而言，無疑是個意義非凡的里程碑。文學院迎來七十週年院慶，這七十年不僅是時間的累積，更是知識傳承、文化深耕的七十年。在這特殊的時刻，紅樓現代文學獎也邁入第二十四個年頭。我們以「文學70才開始」為院慶精神，期許在這擁有悠久傳統的文學院中，注入更多青春、熱情與創新的血液，讓文學的生命力在歷史的沃土上持續綻放。

沿著「文學70才開始」的思路，紅樓現代文學獎今年以「開鑿湧動如泉的文思」為徵文主題。這個主題不僅是對創作者的邀請，更是對文學本質的深刻詮釋。文思如泉，自心靈深處湧動，清澈而豐沛，它承載著個體的感知與思考，最終匯聚成文字的河流，流向讀者，觸動人心。我們相信，每一位年輕創作者的內心都蘊藏著獨特的泉源，只要給予適當的引導與鼓勵，這些泉源便能噴薄而出，灌溉出屬於他們自己的文學風景。

自創立以來，紅樓現代文學獎始終屹立於校園文學的核心，不僅是青年創作的重要平臺，更是校園文學發展的風向標。本獎項由國立臺灣師範大學文學院主辦、全球華文寫作中心承辦，並聯合國立臺灣大學以及國立臺灣科技大學三校之力，共同為青年學子搭建起一個揮灑才華、交流思想的舞臺。此外，為了鼓勵更多年輕的文學愛好者，我們更將徵稿範圍擴展至全國高中生散文組，期盼能及早發掘並培育文學新苗，為臺灣文學的未來注入源源不絕的活水。

本屆徵稿總數達二百五十二件，橫跨現代散文、現代詩、現代小說與舞臺劇劇本等多元體裁。其中，通過初審者分別為現代散文組六十件、現代詩組五十七件、現代小說組十九件，以及舞臺劇劇本組十一件，每篇作品在風格、語言與視角上展現出令人期待的可能性。

特別值得一提的是，自第二十屆開始設立的「全國高中生散文組」，今年更是湧入來自全臺各地高中職的一百零五件作品，這股熱潮令人倍感振奮。這些充滿朝氣的創作芽苗，預示著文學在青少年群體中的茁壯成長，也為紅樓現代文學獎注入更年輕、更強勁的生命力。這不僅證明了文學的魅力跨越了年齡的界限，也讓我們看見了未來臺灣文壇的希望。

紅樓現代文學獎之所以能持續茁壯，離不開各界的支持與付出。首先，我們誠摯感謝**臺師大吳正己校長**的長期支持與鼓勵，使紅樓現代文學獎得以順利推動，成為校園文化的重要一環。同時，也要向全球華文寫作中心工作團隊致以最深的謝意，他們的盡心規劃與無私奉獻，確保了每一屆賽事的圓滿成功。

此外，更要誠摯感謝參與評選的**作家與學者們**。無論在複審或是決審階段，評審們皆以其審慎的眼光與專業的素養，細心品讀每一篇作品，為其找到應有的位置，讓值得被看見的文字綻放光芒。他們的專業與熱情，是紅樓現代文學獎公信力的基石，也是對年輕創作者最大的肯定與鼓勵。

在紅樓現代文學獎這個充滿活力的創作平臺上，年輕學子正以各自獨特的聲音，述說著他們對生命、時間與世界的理解。他們的作品是青春的縮影，是時代的切片，也是未來文學的萌芽。透過這些作品，我們得以一窺這些青春之眼所映照的萬象人生，感受他們純粹而深刻的情感，領略他們獨到而富有創意的視角。

願這些「開鑿湧動如泉的文思」，化作時代中不息的低鳴與高歌，在未來的日子裡，持續撼動人心，啟迪靈魂。我們期待這些年輕的筆觸，能夠在未來的文學地景中，開鑿出屬於新一世代的活水，為臺灣文學注入新的能量與方向，讓文學的生命之泉永遠豐沛，生生不息。

國立臺灣師範大學文學院　**須文蔚院長**

院長序　003
紅樓文學沙龍介紹　011
評審介紹　013

現代詩

現代詩　總評摘要　024
首　獎－黃健鑫〈那一夜，走進自己的身體〉國立臺灣師範大學國文學系　028
評審獎－王以安〈下雨〉國立臺灣大學法律學系　033
佳　作－陳其豐〈八莫〉國立臺灣師範大學國文學系　038
佳　作－蔡詠昕〈我找不到我的陰道〉國立臺灣師範大學美術學系　043
佳　作－鄭淑榕〈關卡密語〉國立臺灣大學中國文學系碩士班　047

現代散文

現代散文　總評摘要 052
首　獎－黃詣庭〈餓〉國立臺灣師範大學國文學系博士班 055
評審獎－張宇瑄〈燼〉國立臺灣師範大學國文學系 065
佳　作－林冠辰〈雷聲若響〉國立臺灣大學生物產業傳播暨發展學系 075
佳　作－陳立昕〈關於〉國立臺灣大學外國語文學系 085
佳　作－劉子新〈果腹〉國立臺灣師範大學國文學系 095

現代小說

現代小說　總評摘要 106
首　獎－林子晴〈代言人〉國立臺灣大學日本語文學系 111
評審獎－家柴萬罐〈一瞬間的永遠〉國立臺灣師範大學國文學系 138
佳　作－林宇軒〈搏命〉國立臺灣大學臺灣文學研究所博士班 158
佳　作－徐士棋〈螢火蟲〉國立臺灣師範大學教育學系 181

佳　作－翟允翃　〈當你成為我〉　國立臺灣師範大學藝術史研究所　193

舞臺劇劇本

舞臺劇劇本　總評摘要　206
首　獎－夏　琳　《直到向日葵盛開》　國立臺灣師範大學國文學系　211
評審獎－劉泓億　《誰家的阿公會在告別式上復活啊！》　國立臺灣師範大學國文學系　227
佳　作－朱昕辰　《人工情慾兩重奏》　國立臺灣大學戲劇學系碩士班　244

全國高中生散文

全國高中生散文　總評摘要　278
優　選－李文芊　〈餘香〉　臺北市立南港高級中學　281
優　選－林芊逸　〈向陽〉　慈濟大學附屬高級中學　286
優　選－林承妍　〈梔子花香〉　臺中市立臺中第二高級中等學校　291

優　選－林頎恩〈失衡指南〉嘉義市私立輔仁高級中學　296
優　選－徐菱遙〈泡泡〉臺北市立中山女子高級中學　302
優　選－楊晴雅〈再長大一點〉臺北市立大理高級中學　307
優　選－萬芳羽〈魔術方塊〉國立竹南高級中學　311
優　選－歐翰倫〈如是我聞〉國立臺南第一高級中學　316
優　選－蔡昱婕〈手，以神之名〉國立彰化女子高級中學　320
優　選－蕭意晴〈如果電話亭〉國立臺南女子高級中學　325
第24屆紅樓現代文學獎暨全國高中紅樓文學獎徵件簡章　330

紅樓文學沙龍介紹

紅樓文學沙龍於每年紅樓現代文學獎徵稿期間，邀請文壇上優秀亮眼的青年作家，蒞校向同學分享創作的歷程與經驗。

今年特別邀請年輕創作者蕭宇翔分享自身的現代詩創作經驗。他以「冥王水瓶時代的詩歌願景」為題，帶領讀者思考，當二〇二五年冥王水瓶時代再次降臨時，身處時代波濤與動盪中的我們，該如何從生活中汲取靈感，並透過詩來傳達生命的真諦。

藉由本場講座，鼓勵對創作充滿熱忱的青年學子們，勇敢跨越自我的設限，探索詩的無限可能。

講師介紹—蕭宇翔

一九九九年生，臺灣桃園人。畢業於國立東華大學華文文學系，現就讀於國立臺北藝術大學文學跨域創作研究所。曾獲教育部文藝創作獎、中興湖文學獎、創世紀詩刊開卷詩獎、全球華文學生文學獎等。二〇二一年，與詩人曹疏影同獲第八屆楊牧詩獎，為該獎項開辦以來最年輕之獲獎者。二〇二三年，獲台積電旭日書獎首屆大獎得主。

寫詩是褪去自我的過程

冥王星涉及潛意識、陰暗面、生死、性慾與蛻變，指向慾望與恐懼等最本質的狀態；而水瓶則講究群體、訊息與理智。因此，當冥王水瓶時代再次降臨時，個體與群體之間的互動以及世俗化的世界觀逐漸顯現。

在這個時代，詩不再只是彰顯自我，而是成為一個「褪去自我」的過程。蕭宇翔認為，寫詩也可以是逃避自我的歷程，不過我們必須努力讓詩具有個人化、風格化與主觀化，才能成為雅俗共賞的作品，從而展現藝術本身的魅力，吸引讀者主動進行艱難的理解。

然而，蕭宇翔也提醒讀者，應注意不讓詩變成一種渲染情緒的載體。他強調詩應保持歷史意識，擁有瞻前顧後、承先啟後的特質，並且能夠以縫補的方式理解世界。在這樣的框架下，詩人可以將自己的故事視為時空下的產物，透過作品觸動他人的同時，也促使他們有所行動。

講座側記全文：

https://reurl.cc/2KxLa9

評審介紹

現代詩組

召集人／陳亭佑

國立臺灣大學中文所博士，現為國立臺灣師範大學國文學系助理教授，研究領域為中古文學與文化、古典詩、禮俗。

評審／張繼琳

生於臺灣宜蘭。曾獲臺北文學獎、優秀青年詩人獎、聯合報文學獎、中國時報文學獎、自由時報林榮三文學獎等。自印詩集若干。歪仔歪詩社成員。現為國中教師。

評審／楊瀅靜

國立東華大學中文所博士，曾獲林榮三文學獎、聯合報文學獎、時報文學獎、臺中文學獎、葉紅女性詩獎等，出版過詩集《對號入座》（二〇一一）、《很愛但不能》（二〇一七）、《擲地有傷》（二〇一九）、《白晝之花》（二〇二三），短篇小說集《沙漏之家》（二〇二二）。

評審／騷　夏（攝影／陳佩芸）

騷夏saoxia，高雄人住在臺北，雇主是貓，不想分析數據報表就會說自己是詩人。國立東華大學創作與英語文學研究所畢業，國立東華大學駐校作家。榮獲二〇二四優秀詩人獎、二〇一八年吳濁流詩獎正獎。作品多屆入選臺灣詩選、九歌年度散文選。並為《文訊》「二十一世紀上升星座：一九七〇後台灣作家作品評選（二〇〇〇~二〇二〇）」現代詩得獎人之一。著有詩集《瀕危動物》、《橘書》，散文集《上不了的諾亞方舟》獲台北國際書展大獎入圍。

現代散文組

召集人／石曉楓

福建金門人。國立臺灣師範大學國文研究所博士，現為該系專任教授，研究領域為臺灣及中國現當代文學，兼事散文創作，曾獲華航旅行文學獎、梁實秋文學獎等。著有散文集《跳島練習》、《無窮花開——我的首爾歲月》、《臨界之旅》；評論集《創作的星圖：國民散文手藝課》、《生命的浮影——跨世代散文書旅》；另主編《九歌一一二年散文選》等。

評審／凌性傑

曾獲臺灣文學獎、林榮三文學獎、時報文學獎、中央日報文學獎、梁實秋文學獎、教育部文藝創作獎。著有《男孩路》、《島語》、《陪你讀的書》、《文學少年遊》、《你是我最艱難的信仰》、《那些有你的風景》。

評審／江　鵝

一九七五年生於臺南。輔仁大學德文系畢業。曾經是上班族，現在是自由寫作者，並從事人類圖分析。曾入選臺灣九歌年度散文選，獲林榮三文學獎散文佳作，著有散文集《俗女養成記》、《俗女日常》。個人社群媒體列表請見https://linktr.ee/goosiiii.talk。

評審／林薇晨

一九九二年出生於臺北，國立政治大學新聞學士、傳播碩士。曾獲林榮三文學獎散文獎、新詩獎，作品入選《九歌一一二年散文選》、《九歌一一一年散文選》等數本選集，著有散文集《青檸色時代》、《金魚夜夢》、《彼女的日復一日》。

現代小說組

召集人／何維剛

國立臺灣大學中國文學系博士，現為國立臺灣師範大學國文學系助理教授，編著有《張夢機先生詩文補遺》、《文體、文學史與政治文化變動下的六朝上表書寫》等書。長期從事古典詩寫作，現為臺北市天籟吟社社員，未來希望得以開拓渡海文人與臺灣古典詩壇的研究版圖。

評審／張亦絢

巴黎第三大學電影暨視聽研究所碩士。著有《愛的不久時》、《永別書》（以上國際書展大獎入圍），《性意思史》等。專欄「我討厭過的大人們」獲金鼎獎最佳專欄寫作。曾任國立臺北藝術大學、國立臺灣大學川流臺灣文學講座駐校作家。曾於德國柏林與美國愛荷華駐村。《永別書》獲頒「二十一世紀上昇星座」榮譽，也為臺灣文學館策展。

評審／連明偉

宜蘭縣頭城人，國立暨南大學中國文學系、國立東華大學創作與英語文學研究所畢業，曾任西班牙巴塞隆納Can Serrat

藝術村駐村作家，現為國立臺北藝術大學講師。著有《番茄街游擊戰》、《青蚨子》、《藍莓夜的告白》、《山與海的職日生：頭城職人誌》、《槍強搶嗆》等。作品收錄年度散文選與年度小說選。部分小說翻譯成英文、西班牙文、日文和韓文。

評審／陳栢青

一九八三年臺中生。國立臺灣大學臺灣文學研究所畢業。獲《聯合文學》雜誌譽為「臺灣四十歲以下最值得期待的小說家」。出版有短篇小說集《髒東西》、長篇小說《尖叫連線》、散文集《Mr. Adult大人先生》。並以《尖叫連線》獲二〇二〇臺灣文學金典獎入圍，以及二〇二〇 Openbooks年度十大好書。另曾以筆名葉覆鹿出版小說《小城市》，以此獲九歌兩百萬文學獎榮譽獎、第三屆全球華語科幻星雲獎銀獎。

舞臺劇劇本組

召集人／陳　芳

現任國立臺灣師範大學國文學系特聘教授，曾任美國史丹福大學（Stanford University）和喬治・華盛頓大學（George Washington University）訪問學者，臺灣莎士比亞學會與中華戲劇學會理事長。曾獲第

五十四屆中山學術著作獎，著有學術專書《抒情・表演・跨文化：當代莎戲曲研究》等十餘部。另與彭鏡禧教授合著戲曲劇本《約／束》等五部；其中《背叛》榮獲第二十六屆傳藝金曲獎最佳年度演出獎。

評審／羅仕龍

法國巴黎新索邦大學戲劇博士，曾任教於法國巴黎狄德羅大學、法國保羅梵樂希大學等校，現為國立清華大學中文系副教授，兼任清華學院學士班主任。研究方向主要為現代戲劇、中法比較文學、翻譯研究。著有《志於道，遊於譯：宋春舫的世界紀行與中西文學旅途》、《十六歲的戲劇課》。二〇二一年起與國光劇團藝術總監王安祈教授共同主持「打開戲箱說故事」節目，入圍第五十八屆廣播金鐘獎最佳藝術文化節目主持人。

評審／鍾欣志

國立臺北藝術大學劇場導演藝術碩士及戲劇博士，現任教於國立中正大學中文系，負責校內「戲劇・創意・想像」學分學程的規劃和教學，主要研究領域為中國近現代劇場裡的跨國和跨文化面向。

曾經導演過《威尼斯雙胞案》、《盡頭世界》、《人民公敵》……等多齣舞台劇和音樂劇場作品，後者包含《費加洛的婚禮》（*Le nozze di Figaro*）、《法斯塔夫》（*Falstaff*）、《喬凡尼先生》（*Don Giovanni*）、《藝術家的生涯》（*La Bohème*）等全本歌劇。目前亦擔任不可無料劇場（BIU Theatre）的藝術總監。

評審／汪俊彥

康乃爾大學劇場研究與批判理論博士，目前任教於國立臺灣大學，研究與教學領域為文化展演、文化翻譯、文化研究與臺灣當代劇場與跨領域人文。曾獲世安美學論文獎、菁英留學計畫獎學金、傅爾布萊特留學獎學金等。長期擔任表演藝術評論台駐站評論人、戲劇構作以及曾為國家兩廳院「平行劇場——軌跡與重影的廳院35」策展人、二〇二三年至二〇二五年國立傳統藝術中心「戲曲夢工場」策展人、二〇二一年至二〇二三年台新藝術獎提名觀察人、決審委員、北藝學院戲劇構作課程總導師。

全國高中生散文組

召集人／陳室如

國立彰化師範大學國文研究所博士，現任教於國立臺灣師範大學國文學系，開設臺灣文學、現代散文、旅行文學等課程。研究領域為近現代旅行文學，著有《文為心聲——現代散文評論集》、《晚清海

外遊記的物質文化》、《近代域外遊記研究（一八四〇～一九四五）》、《相遇與對話：台灣現代旅行文學》。

評審／黃宗潔

國立東華大學華文文學系教授。著有《倫理的臉：當代藝術與華文小說中的動物符號》、《牠鄉何處？城市·動物與文學》、《當代台灣文學的家族書寫：以認同為中心的探討》等；編有《成為人以外的：台灣文學中的動物群像》、《孤絕之島：後疫情時代的我們》；與黃宗慧合著《就算牠沒有臉：在人類世思考動物倫理與生命教育的十二道難題》；合編著《動物關鍵字：30把鑰匙打開散文中的牠者世界》。曾入圍二〇二二臺灣文學金典獎，獲書評媒體Openbook年度美好生活書、年度生活書獎。

評審／王鈺婷

現任國立清華大學臺灣文學研究所教授兼所長，研究領域為臺灣戰後女性文學、散文研究、臺港文藝交流。著有《女聲合唱——戰後臺灣女性作家群的崛起》（二〇一二）；主編《性別島讀：台灣性別文學的跨世紀革命暗語》（二〇二一）、《她們在移動的世

界中寫作：臺灣女性文學的跨域島航》（二〇二三）、《臺灣文學的來世》（二〇二三，與陳芷凡、詹閔旭、謝欣芩合編）等書。

評審／李欣倫（攝影／謝程雁）

國立中央大學中國文學系副教授，著有論著《苦難敘事與身體隱喻：從身體感知的角度閱讀當代女作家作品》，

散文則有《藥罐子》、《此身》、《以我為器》及《原來你什麼都不想要》等，《以我為器》獲二〇一八年國際書展非小說類大獎，亦入選《文訊》「二十一世紀上升星座：一九七〇後台灣作家作品評選」中二十本散文集之一。近年散文集入圍臺灣文學館金典獎、Openbook年度好書，散文作品收入年度散文選及數種散文讀本中。主編《寫字療疾：臺灣文學中的疾病與療癒》。

現代詩

首獎
黃健鑫
那一夜，走進自己的身體

評審獎
王以安
下雨

佳作
陳其豐
八莫

佳作
蔡詠昕
我找不到我的陰道

佳作
鄭淑榕
關卡密語

現代詩　總評摘要

張繼琳老師

繼琳老師認為這屆作品的平均水準非常高，因此評選過程相當猶豫。不過，繼琳老師也提及，在評審階段，很多因素其實都和評審口味有關。就算沒得獎，也不代表作品就不好。此外，雖然一篇好作品涉及的因素有很多，像是情感表達、詞彙、語言、結構等等，不過，最重要的還是會不會引起共鳴。

繼琳老師點出，自己不是特別為了講好話而講好話，也不是在試圖安慰，而是這批作品真的相當有水準。但是，參加競賽就有一定的風險，就算作品再厲害，獲獎名額也是有限的。所以，繼琳老師表示，喜愛創作，其實也不一定要參加文學獎，可以寫給自己看，或是少量印刷給身邊親近的朋友看就好。但如果要參加，就必須要接受評分階段的現實。此外，每個評審，甚至是每個讀者喜歡的口味都不同，所以不要因為別人不喜歡自己的作品，就否定自己。

另外繼琳老師強調，現今很多文學獎都有得獎決審記錄，評審的觀點取捨或頡頏討論，都被充分保留下來，比較、對照皆有跡可循。透過比賽可以知道作品落點，進而獲得建議或補充，其實對自己未來書寫是有莫大幫助與收穫的。

最後，繼琳老師再度讚美同學，表示有些同學的作品只要再稍作修改，就夠格去競爭更大型的文學獎了。繼琳老師鼓勵同學，要繼續寫下去。

楊瀅靜老師

瀅靜老師也認同本屆作品已具有一定水準，能入圍到決審名單的同學都寫出了一首好詩。瀅靜老師也提到，本次入圍的作品主題相當多元。有環保、自然、孤獨、愛情、焦慮、青春期憂鬱、身體、性別等等。尤其關於身體的作品相當多，都分別用身體來表達各種不一樣的認同。

瀅靜老師表示，以過往評斷文學獎的經驗來看，有時候參賽作品整體水準並不成熟，因此只能回歸最基本，甚至粗淺的評斷標準：「這看起來像不像詩？」不過，本屆作品並沒有這種問題，所以評審判準會拉高。除了詩的意象、節奏、結構以外，還有作品是否完整、是否能讀得

騷夏老師　楊瀅靜老師　張繼琳老師

懂、讀得下去。瀅靜老師特別提到，在閱讀過程中，感受到自己「讀懂了作者想要傳達什麼」的愉悅，是老師選擇的其中一大原因，即便這個「讀懂」可能其實並非作者原意。不過，即使一開始讀不懂，如果能讓老師有透過作者在文字裡給的線索去解謎的慾望，老師也非常享受這個過程。

此外，本屆也有不少作品借用其他文類的元素在新詩裡面，像是戲劇性很突出，有極短篇小說的元素；以及以日常生活入題，娓娓道來一件事，且雖然是很日常的事件，但卻在日常中帶有深意，有散文的元素。

騷夏老師

騷夏老師認為，在閱讀本屆作品的過程中很過癮，有在創作技巧上的炫技，以及除了這個年紀很常看到的愛情主題、對生涯的困惑、自我界定之外，也有其他非常令人驚喜的主題，比如身體傷害、權力位階、身分認同等等。

騷夏老師表示，自己花很多時間在和這次參賽的作品相處，從一開始的五十七篇，到進決審的十八篇，最後要選出五篇。在這其中歷經了很多次相當艱難的抉擇，複審勾選的幾篇和決審勾選的篇章完全不一樣，很多篇其實都看了好多次，一直不斷在推翻。這是作品水準相當堅強的時候，才會有的現象。因為每一篇似乎都具有得獎的水準。

騷夏老師也特別提到關於現代詩口語化的議題，說自己的詩作其實也相當口語化，早年同樣常被質疑寫得很像散文。但騷夏老師認為，語言只是作品裡一個基本的單位而已，並非衡量整體的標準。在作品中要用怎樣的語言呈現，是稠密、漂亮，還是口語？這取決於作者想要呈現的最終樣態是什麼。接著，騷夏老師提到過往發生過很多次的情況——擷取作品的片段，就在爭論這是不是詩，以及為何能夠得獎。騷夏老師認為這是相當不正確的。評斷一篇作品的好壞，就是要看其整體的表現——除了語言外，還有意象、巧思，以及整篇作品的結構等等。

首獎／黃健鑫
那一夜，走進自己的身體

個人簡介

二〇〇四年生，嘉義人。

IG：q2350102

曾獲瀚邦文學獎散文第一名、天籟詩獎古典詩第一名。曾入圍蔣國樑先生古典詩創作獎，臺語詩曾入圍桃城文學獎。

我用這首詩連續投了三屆紅樓，前年沒入圍，去年在決審得到一票，今年很開心可以獲獎！

得獎感言

謝謝家人的支持鼓勵，感謝騷夏、張繼琳、楊瀅靜、張韶祁、吳鈞堯、李進文、呂美親、賴欣陽、鄭麗卿等各位老師先前在文學獎對我的肯定，也謝謝林婉瑜老師給我的建議，我會繼續努力！

聽了評審的講評，老師多從愛或慾來詮釋，讓我十分驚喜，其實當初書寫時真的沒有想到可以有這些解釋，而這也是詩有趣之處，充滿各種想像空間。

那一夜，走進自己的身體

離池出浴，水氣氤氳。我們伸手　擦去肌膚的淚滴
動作同步，美得窒息
你凝視著我，我也正凝視著你
久久地，久久地
我們才指向對方問：「你是誰？」體溫接近，無從抵禦
指尖瀉出強烈探求的慾望，血脈逐漸匯聚成一股奔騰的河
順著漣漪，流向彼岸。就在這寂寞的夜裡
前進一步，玻璃隨即消融自身
化為柔軟漩渦，直到一個完整的人穿過，穿過先前無法跨越的
冰冷

踏進另一個身體，時光被遺落在夢境

你說：「這就是你
未曾到來的領地。」靈魂與軀殼的悸動是死亡
的起始還是結束？在已知與未知的縫隙之間
只能以全新的目光重新觀察這個世界：又回到原始　初生

平常看見的一切似乎只是表面
虛幻不是真實的映照嗎？為何我還在黑暗的圍剿中尋找
愛的光源

慢慢、慢慢地，手腳並用爬過下一段溼滑裸露的斑岩
洞穴的出口透出一絲生機，春光綠意
原來，外頭世界更深　更遠

矗立的山勢緊緊環抱這座森林，汩汩流出的清泉傾瀉於兩峰之間
匯聚了湖泊的迷離與無邪

我以今生全部的能量在林中翩然起舞，尋覓下一處美景：
盡情撫摸花瓣綻放的歡愉
小心接住陽光墜落的光影
你卻驅使我：來來回回來來回回摩擦柴火
燒毀自己的文明

「用針刺破杜鵑枝椏上開滿的粉色氣球。」
「舉起火把燃燒桃林直到黑煙竄入天雲。」
違背心意，何來武器？
形同入侵者高舉雙手呼喚和平之名，在樂土上布施一座座廢墟
你的聲音是巫師唸出的咒語，在心中不停攢動　紮營
引誘嘴角絞扭著　顫出一抹微笑

我，還是我嗎？
極力想掙脫

只得衝撞出碎片滿地
踩著鮮血，回頭望去
你的身體出現一道裂痕
我也是

評審獎／王以安
下雨

個人簡介

二〇〇五年生，宜蘭長大，現於臺大修習魔法，想了解事物的真名。

喜歡飲食、田野、地方文化，夢想有朝一日能養隻貓，每天煮飯、睡覺、聽貓打呼嚕。

得獎感言

感恩所有。

下雨

徹底一片
安靜到只剩下冰川碰撞的嗚咽……[1]

夢中妳感覺床架震動
有什麼紮實墜下了，用力
共振到心底，像心悸
想起多年前也在一個午後
咚——

一聲，妳耳鳴，抬頭

1 魏如萱《don't cry don't cry》（公視：《你的孩子不是你的孩子》主題曲）歌詞。

全班如常靜靜地睡，講臺前
風紀倏地站起，妳們對望
學務主任衝過走廊
快得剩一頭亂髮，殘影
聽不見腳步

隔天，桌上躺了張紅紙
告訴妳恐慌時該如何解決
號碼號碼號碼地址地址沒有名的老師
是窗口吧，鏤空，輔導室的去背戳章

頂幾本厚重的書，縮下巴
許多人教妳保持平衡
倔強但不驕傲地走，向前，超越
妳想起平衡的反面是坍方

朋友提醒妳，哭完，要記得喝FIN喔
補充電解質
可是解離，不就是無法代謝嗎？

「有沒有人知道下午發生了什麼事？」
B1：卡。B2：卡。B3：卡。B4：卡。B5：卡。
一樓到五樓
Poke店員隔著點餐台問
「可以八卦一下，今天到底怎麼了嗎？」
阿姨搖頭，轉身，拿起另一個空餐盤
刮除，骨與殘皮碎落

在一個下雨的日子，下雨的午後
妳滲透空氣，成為雨
終於理解代謝

不再心悸，也不再失眠
維持平衡只需留著孔隙
呼吸，張開雙臂就此抱住
咚——
一聲，直到另一人抬頭

佳作／陳其豐

八莫

個人簡介

陳其豐，二〇〇三年生。吳門弟子。曾獲教育部文藝創作獎、台積電青年學生文學獎等，作品入選《2024臺灣詩選》。現就讀臺灣師範大學國文學系四年級。

得獎感言

謝謝。

八莫

初臨此地，走過
兩棲類與食肉動物
孩童時而緊牽父母時而
鬆手，奔向不遠處的泡泡。
此刻陽光斜照，八莫
抵達食草動物區前
我並不認識你

而你一直在這裡。
隔著鐵欄杆，飼養員
投擲水果，你挪動皺摺的
身軀，踏過常年足跡

耳朵扇動遊客的快門
與驚嘆——鼻子長且曲折
拾起六十餘年的生活

咀嚼。自從伴侶版納倒下
你固守八隻小象以及
愈發沉默的日常
「大象善於記憶，」
解說員話音未落，你便不住
排泄，濺起遊客的訕笑。
當人群散去，塵埃復歸土壤
你會記得什麼？八莫

小時候，我曾日日擁抱
一隻小象，日日消瘦。

父親剪開其乾癟的側腹
填滿棉花，復於破口處
縫上拉鍊（那是通往時間
的其中一扇門）我們總是如此
以身體和世界博弈

直至更久之後。八莫
或許，你並不會記得我
曾拖拉著行李
橫越海峽與人群
的細語（那層層織就的網）
抵達此刻：看見你
才發覺你並不在這裡。

在我們生活的此地，陽光斜照

轉身是影子
靜止也是影子。

佳作／蔡詠昕
我找不到我的陰道

個人簡介

師大美術系二年級翻滾中，立志寫情詩但失敗的人。

得獎感言

哭到第七七四十九個夜晚，被自己嚇了一大跳，才不得不寫下來好好面對。謝謝S小姐B先生，我的頭號讀者和陰道笑話發源地。謝謝竹君老師剛巧在期初導讀John Berger，我才有覺察。最後謝謝R，沒有你就沒有這首詩。雖然你一定覺得莫名其妙。

我找不到我的陰道

明明能夠失血
白白為不可能存在的胎兒搭房
卻不能走進去
——我不曾從那深淵裡看到自己

S說她願意幫我找
在我第四次約會前　我說窮緊張 不必要
因為在內褲之前
他會先看見我的背架和疤痕

醫生只說 我有聰明的腦 靈活的手
歪七扭八的下半身不會遺傳 別擔心餘生

但他忘了檢查
X光看不見的
門票
曲折的骨盆端不住　掉在哪了
達爾文 用真理喝斥我

誰會抵擋 原始的理性
走上肉眼可見的崎嶇
在不健康的裡面　找到超乎合理的存在

老師只說 重要的是心
你有良善 和溫柔
但他沒發現
我是一棵良善和溫柔的樹
不配得性別

旅館浴室的全身鏡讓我的眼睛變成你的眼睛
抱歉　我無法穿上裸體為你舞袖
忽然之間
從好人變女人

他們說「不要說『另一半』因為我們都是完整的人」
卻在你來了以後　我才殘缺

不要觸摸我　先於那些無法被觸摸的
不要看著我　先於那些肉眼無可見的

椅面是我陰道的盡頭
失格的直立人
愛你讓我成為共犯
使我看自己總是　從你們的眼睛

佳作／鄭淑榕
關卡密語

個人簡介

鄭淑榕，生於香港，現就讀於臺大中文所。寫詩、寫散文，曾獲城市文學獎、恒大中文文學獎、大學文學獎等獎項。作品散見於《字花》、《聲韻詩刊》、《城市文藝》等。

得獎感言

關卡總是無止境的：獲得學生身分、居留證是關卡，文學也是關卡。粵語的詞彙、語感、聲音在詩裡，要如何通行，是我仍在思考的問題。

最後，感謝一直相信我的L，陪伴我獲得在臺的第一個文學獎。

關卡密語

走道擠滿空腹的身體，以此獲得
新生的證明。護士問我會否介意
抽兩次血（如海關，反覆確認學校名稱）
當話語築起關卡，只有密語精確
方可通行。

早上九點，動線上的人潮
像被導向針尖的血液，最終滑入試管

醫師把「我」紀錄在體檢表上：
身高、體重、接種紀錄
（翻閱入臺證，空服員審視回航的空白）
與我不知情的血型（「以備不時之需」）

疾病劃分國界：如我，免檢漢生病；
可漢生，何時才免疫？
早在入境，我的腸胃及行囊，經已
一一搜檢（抵臺前，
我一再查看食物成分表）

下午，頭燈照亮一場審查
牙醫探入我恥於言說的過往：
殘餘的紅燒牛肉飯，被一一剔出
而那因排骨而崩碎的齲齒，他輕觸、
嘆息，勸我愛護牙齒
卻不知它的病史——姑娘話佢總有裂縫。[1]
一補再補的牙齒，將在離臺後

1 此句融入粵語，「姑娘話佢」即「護士說它」。

再次鬆脫（如同我的身分）

一週後，醫學將「我」歸類、標記
存檔，以此判斷這具異地的身體
可否暫留。

在這之前，每日
我練習，如何在攔截查問中
準確交代名字與來由
——言語終究是注定過期的保釋書
唯有關卡密語落定，方得通行。
（我在鐵絲網前數算
前方待鬆動的圍籬，還有多少）

現代散文

首獎
黃詣庭
餓

評審獎
張宇瑄
燼

佳作
林冠辰
雷聲若響

佳作
陳立昕
關於

佳作
劉子新
果腹

現代散文　總評摘要

凌性傑老師

性傑老師認為，散文是一門聊天的藝術，一篇散文的起點應是「有話想說」，接著再以最恰當的語氣道出，因此「說話的內容」與「如何說話」是同樣重要的。

本次入圍決審的十八篇作品內容，大部分圍繞於個人的記憶與經驗，各作品所抒發的感受與想法都能帶來感動，性傑老師也肯定整體作品的水準整齊、題材豐富，創作者們透過成長、家庭、飲食乃至異國生活等主題，呈現出自身在所處世代中的生命經驗，體現了「先將生活安頓好，才能安頓好散文」。

關於散文創作，性傑老師也建議寫作者們留意標點符號的使用與構句，不妨在作品完成後以出聲讀、唸的方式檢核文章的結構與流暢性，並善用標點符號調節語氣和意義、採用精準的斷句與長短句式增加文章的活潑度。另

林薇晨老師　江鵝老師　凌性傑老師

外，性傑老師也提醒，在分眾越趨精細的時代，選擇較為特殊的題材時，可能需要適時增補說明，以便於與讀者溝通、互動。

江鵝老師

江鵝老師認為，散文是一種內在的揭露——我們的內在必然有些事情的張力大到必須揭露，否則那張力會越發折磨人，因此書寫散文正是臨摹自己的內在狀況。

而江鵝老師於本次決審的評分中，除篩選優秀作品外，亦鼓勵創作新星展現個人氣質，因此老師首重文章的氣味，希望藉由文章呈現出的氣味看見作者的口吻、姿態與溫度，從作者揭露的外在實像觸碰其內在狀態。同時，老師也會觀察作者們如何使用細節鋪排、書寫順序、敘事速度及運鏡等技巧，帶領讀者走入情境。另外，江鵝老師次要重視語言技術的使用，對於語言的掌控和語言的一致性也是評分的重點項目之一。

最後，江鵝老師也勉勵書寫者們，莫要因為評審的裁量取捨而懷疑寫作所帶來的喜悅和正確性，此外，在生活中也可藉由大量接觸與自己頻率契合的作者和文章，進而將自身的內在氣質滋養得更加鮮明，促使內在渴望訴說的那股力道變得更強大。

林薇晨老師

薇晨老師認為，閱讀散文就彷彿見證一名作者在走迷宮的過程，身為置身事外的讀者，會對作者的走法與去向感到好奇。而老師也期待作者對自身前往的地方具有清晰的認知。

在上述的散文觀之下，薇晨老師覺得散文同時包含了「寫作」和「創作」兩個部分：前者為作者想與讀者溝通的內容，需要被清楚地書寫下來；後者則看重個人天賦與風格，關乎語言表達有無足夠的藝術魅力、能否使讀者產生新鮮的感受。另外，老師也期待散文可以鋪排、融合各種生活細節，並且呈現這些細節與作者自身的關聯、引發作者展開哪些思考，本次決審會以寫作技術作為主要評選標準。

薇晨老師指出，本次入選的稿件涵蓋多元的題材，展現作者們認真生活的態度，同時可見大家勇於挑戰散文結構的創新筆法，帶來有別傳統書寫模式的趣味，並無明顯模仿前人風格與口吻的痕跡。最後，老師也強調，散文作為與自己對話的文章，以自己的口氣寫出自己的想法才是最重要的。

首獎／黃詣庭
餓

個人簡介

臺師大國文所博士班，鹽分地帶人，喜歡暹羅貓和馬來貘：把分明的黑白穿戴在身上，常常眼神死，感覺跟我很相像。沒有文學夢，書寫是為了把時光固定在福馬林瓶裡；未來可以的話想為某些人尖叫，以免他們被忘記。

得獎感言

謝謝評審老師，也感謝所有在臺師大遇見的老師們、一些想像中的朋友，以及早餐店的伙伴們。接下來想做的是好好吃幾頓，「吃飽了，就不怕加班……也不怕遠離家鄉」，再安排一場夏季的睡眠旅遊，家裡所有人都很需要。

餓

我和戀人一同搬入一棟周圍環境全然陌生、需要重新探路的公寓樓房裡。房間採光極明亮，但坪數狹窄；樓下黑道、警察、酒家女與菜市場攤販，隨著日月輪流交迭現身，壞處是龍蛇雜處，好處是各種生活機能都方便，而且租金較便宜。

這樣尋常的生活，心魔是我的忐忑。戀人都知道，他說：妳專心寫論文、作學術，其他的全數由我來。

代價是經常忙到沒時間聊天，但各司其職、一如磨坊水車及其轉輪，無論如何每天都要生產出一些事物來。我每天消毒，唯恐器物傢俱沾染未知病菌，徒手擦拭白樺色木頭地板，兩天洗一次衣服，日日翻書撰寫論文，遇到需要兼職教書的日子才換裝出門；戀人從日出開始上班，有時加班到日落後三小時，假日不時去兼差，一定帶晚飯或宵夜回來。大多時候，我們只在夜裡聚於飯桌前，一起吃當天唯一一頓正餐。

若非必要便足不出戶、專心書寫論文和參加研討會的那些時日，在這新家裡，我往往用水煮蛋度日，倒上混合丁香與八角的食鹽，配上煮沸即食的紫菜柴魚湯料包混煮豆腐，就可以是我心滿意足的一餐；忙碌又心緒不佳時，我甚至只要兩袋洋芋片就可以度過大半日。

對生活覺得疲勞時，我偶爾會想起小時候難得被允許自己在廚房打蛋、拌麵糊、加熱無鹽奶油以製作煎麵餅的過往。如果擁有一個足夠大的廚房，還有烤箱與需要的模具等等，也許我會在逃避生活的過程中，默默從目前僅會的煎麵餅、鬆餅，發展出波士頓派、法式薄餅，最後烤出《時時刻刻》裡，蘿拉放在水晶高腳蛋糕盤上，掛有梵谷藍奶油糖霜、整體予人奇妙觀感的巧克力生日蛋糕。

所以，我的本質大概是甜型人吧，但是太常吃甜的食物，會膩到身體自主呼喊想戒糖。莊祖宜在《廚房裡的人類學家》裡提到過，她在法國藍帶學院學藝時，同學之間總二分站隊為「甜型人」和「鹹型人」。甜型人往往細心、穩定，能夠把糖粉的用量誤差控制在一公克內，對烤箱使用時間與溫度也精密到位：這對甜點來說是至關緊要的事，畢竟一點點細微的誤差就足以讓甜食完全走樣。但是，這種人往往不擅長處理主餐——乍看奇怪但其實完全可以想像地，甜型人膽小或神經質的比例很高，要他們面對剖魚、剔骨等血肉活計，就會感到瀕臨崩潰。

相對來說，鹹型人粗枝大葉，要他們以一公克、一粒或一度來當單位計算物品是不可能的事，然而遇到需要快刀剁生鮮、甩鍋大火炒的時刻，他們就很有餘裕，能夠順便去拯救甜型同學。

沒有人是甜鹹兩味造詣一樣高的。可能有人這兩個項目都在一定水準以上，但沒有人能做得一樣好。

母親就是典型的甜型人。她的甜食造詣好到像是舌手一體，可以烘烤出賣相與滋味都足以直接送去糕點店販售的蛋黃酥，在酥頂刷上一層薄薄的蛋黃，點幾粒芝麻，一咬下去，嗑得到好幾層細潤的酥皮，包覆在飽滿的內餡之外；在父母家鎮上的小小夜市，只有過年才能見到買炸鮮奶的攤子，母親吃了一塊便點評道，油炸的食物果然不好，如果喜歡內餡的味道，她可以把它改成椰子糕——她作出的成品，除了外頭的椰子屑外，幾乎完全複製了先前那炸鮮奶的質感與味道。

有時也會發生失誤：大哥十一歲生日時，我和母親一起烤奶油蛋糕、巧克力餅乾為他慶祝，但不小心打了太多鮮奶油，索性抹了厚厚三公分上去，沒人吞得完，通常這樣的食物就遞給我負責吃掉，吃到當晚夢見掉進白色奶油海。

那是我非常快樂的童年，但都已是過去。

隨著年紀增長，我開始為一個問題困惑：為什麼我們家並不貧窮，我卻過得這麼匱乏？

中學時期，她願意請來以嚴厲著稱的數學家教，拉提連我自己都早已完全放棄的此科成績。我數學是幾乎沒有分數的，時間全拿去讀別科，給同學的印象是「拿四科分數跟別人五科總分對打還會贏的那個人」。最後，老師很誠懇地對母親說：「她真的就只有這樣了，不如放過她吧。」這場本質為勉強與拒絕面對孩子能力上限的鬧劇，才終於罷休。

但，母親從來都不願意每個月多支出一千五百元讓我吃飽。

中學時代正逢生長期，那時食量特別大，這導致我恆常處於極度飢餓狀態。通常捱到掃地時間，雙手已在顫抖；最餓的時候，我必須在晚間六點或七點，下了校車後，用疾走的方式趕回家——不為什麼，不過就是已經餓到像灘快被泡回紅泥的陶磚一樣，中間有條柱心還沒濕透，勉強可以再撐幾分鐘，此時便得把握所剩不多的時間與體力跑回家，有時也必須扶一下電線桿喘口氣再趕路，因為是貨真價實地快脫力了，渾身像觸電一樣顫抖，有幾次跨入家門時，差一點就跪倒在地上。

餓了五個小時的感覺，像是四肢所有的力氣都被放掉，但內在有一股繩索正用力扭絞，把一切都往內捲，胃隱隱作痛，而我只想像蝦子一樣躺在地上。

向母親商量，或許，一天給我一大塊羅宋麵包，或兩袋統一麵包？「回家吃飯。」她連看都沒看我，不動如山。

於是，我在連綿不斷的飢饉黃昏中，持續沒有任何東西可吃。我沒有零用錢。

而我在一天的最末，結論上，還是會吃飽的——被餵下過多飯菜、被規定必須吞下桌上所有未食盡的盤底餘蔬，如果拒絕，就會被痛罵和再度強迫——以暴飲暴食至胃痛為止的方式吃飽。

從這時候開始，我和母親便一天到晚吵架與互相懷疑：這一分鐘還談笑風生，下一分鐘她可能就變一張臉；我也曾感覺被她逼瘋，和她呈對角線在房間兩端互相吼叫，而她堅持是我想逼瘋她。在我看來，她已是個脾氣和思緒的跳躍只有但丁跟得上的，看起來好陌生的一個人。

有時，她對我發脾氣的方式是威脅要把我喜愛的物品全弄壞、丟掉，又或是到學校幫我申請退出我熱愛的社團，讓我和所有課外活動都隔絕，並聲稱已在學校安插好幾個眼線，要我自動「坦白」所有不讓她知道的想法與事情；母親曾在一次爭吵過後指著我鼻子撂話：「妳別惹我，信不信我有很多辦法讓妳生不如死。」所以當時的我揣想，飢餓，正是她整我與控制我的一種方式。控制一個人的生理機能，譬如飲食、睡眠、排泄等等，再把他的安全感和社會性碾成粉塵，就能實行最完整的掌控。

幾年前一場團圓飯，母親因細故揚言要拿裝火鍋料的碗砸破我的頭，我們就再也沒有來往。上一次吃到她做的甜食，已經久到不可回憶，像是一場無法測度其真實性的清醒夢。

剛出社會未久的戀人說，「錢的事我來處理，好好讀書，妳比我有才能和希望，也已經沒時間沒體力思考其他人事物了」，並且像養貓一樣，除了豆腐雞蛋麵條外，還在家裡放滿乾糧罐頭。買完這些，再繳完房租水電，我們的薪水就什麼也沒剩了。

戀人一定是鹹型人。

在有點餘錢和空閒的日子裡，他喜歡抓起家裡的鐵鍋親自下廚，用食材與調味繞行大洋：先是白酒大蒜炒淡菜，再來，依序是我偏好的日式味噌豬肉鍋和水炊鍋、他最喜愛的義大利麵——他太喜歡各種義大利麵食了，令我後來吃到有點害怕——以及我猜是北非菜，他堅持是猶太菜的「沙卡蔬卡」。

只是這樣的日子並不太多。他不在家的時候，我心情一不好就把自己當成無機物，辦不到的話，便暫時當一隻我們最愛的、融化在地的貓。講不出好聽的情話沒關係，我只要覺得自己好可愛就很棒了，他說。

只是，我已經比以前還努力去正常地做一個人了。

應該是佛洛伊德和榮格的女弟子兼病患莎賓娜．史碧爾埃吧，她在十七歲時被母親重重毆打，在那之後，她哭著脫光衣服躲進隆冬雪地裡，想把自己凍死。上了大學以後，我經常超過六十個小時不吃飯。也不是真的完全沒錢，而是想抵抗從前家裡給我的「飽」，我很清楚地意識到這點，這是在清洗我的身體和腸胃，好取代剜骨還父、剔肉還母的命運。

有時候飢餓使人神智莫名清明，連眼前景物的彩度都變高；但是，餓過了頭還是堅持不進食，也可能失去理智。我曾於恍惚中站在房內垃圾桶前，直覺性地蹲下，想在裡面翻找東西來吃。

知道真正的「餓過頭」是什麼感覺嗎？

胃在空乏到極限後，整副消化器官就會像用彈性材質製作的、被雙手扭絞擰壓到極限的濕濡抹布一樣，扯住它的手勁不知怎地突然消失了，於是抹布啪地一瞬間在半空中自體離心旋轉起來，彈射出它內裡僅剩的所有水分，像是某種形式激烈的自暴自棄，但其實更是摧殘過甚之後的力度平衡，就感官的擁有者本身而言，則彷彿由內向外放射的拉扯與崩潰。

和教授面談論文題目後的下午，我突然發燒了，趴在圖書館的桌子上，因為肚子痛而動彈不得，此時我已整整一天半沒進食。好心的學妹遞了兩顆胃藥和礦泉水過來，我道了謝繼續趴著，邊冒冷汗邊試圖睡一覺恢復體力；過了幾分鐘，膈間與胸中一股擠壓感由朦朧到鮮明漸漸生出，在食道深處自動「反芻」了兩三次後爆炸式地衝湧上來。「不能吐在圖書館裡」，此時腦子裡只有這樣一個反射念頭，我拚了命地撞開對我而言過重的那道玻璃門，飛跑過學生滿堂的一間間大課室，但還是支撐不到女廁馬桶邊，只能側著身體，用肩膀頂住牆壁，嘩啦啦地在男廁牆邊吐了一地。

令我訝異的是，那次嘔吐出來的物質，一點令我噁心的感覺都沒有，大概是因為胃囊除了胃藥外空無一物的關係吧，它們長得像是廚工用過的大桶摻水洗碗精，不過就是一灘白色泡沫而已。我第一次發現，人體竟然可以生產出與無機質這麼相像的東西，既不骯髒、沒有味道，也沒有任何可以分析的內容。

就像我現在懸置的生活一樣。

像我這樣一無所有的人，真的不是戀人的負累嗎？

午夜，他從兼職的公司回到家中，帶回來好多便當盒，裡面分別有剖半的水煮龍蝦、蒜蓉帝王蟹粄條，還有一整盒我會在喜宴上趁人不注意時，偷偷把它分批全掃進我碗裡的花好月圓。戀人站在家裡小小的煮食檯前，熟練地將蒜油倒入小鍋中，和帝王蟹腳一起炒熱，並加入少許我未能詳細讀出的調料，整間公寓佈滿此處少有的海鮮馨香。戀人把它裝盤，放到我的面前，用擠出來的、疲憊的，但確實真心的微笑說：「快吃吧。」

從小到大，我幾乎沒有吃喜宴後打包菜餚的印象，家人都認為那不曉得有多少人的筷子沾過，不衛生。此時此刻，我感到從喉頭到胸腔一陣酸擠，既不情願又情願地，夾了一筷子掛滿蟹汁與辛香料的粄條，送入口中。

好好吃。真的。

如果現在這樣真的不行，我就去工作，學術還是文學什麼的，都不重要了。吃到一半，我這樣告訴他。

「傻瓜。」戀人一邊剝龍蝦一邊說。

在深夜，我們一起吃當天唯一一頓正餐，在兩個小時後樓下的市場攤販、工人與貨車司機，又將開始喧騰呼叫的，宛如水車磨坊的小小家中。

評審獎／張宇瑄
燼

個人簡介

二〇〇五年生，高雄人，現就讀於臺灣師範大學國文學系學士班。

得獎感言

謝謝評審老師，謝謝K。

致父親：

在世代延燒的仇恨中，我知道我們都受傷了。我擁有你賦予的生命，從無數個災難中倖存，如此誠實地活著。

由衷希望我們都能夠好好去愛，也終於懂得好好去恨。

燼

「這木頭很好燒，燒起來有獨特的味道。」

K一面說，一面將柴火丟入燃燒中的焚火爐，碰撞中濺起一些火星。我瞇著眼，將身體蜷縮著塞進露營椅裡，儘量與營火保持禮貌的距離，等待冰冷僵硬的四肢回暖舒展開來。K時不時拿著長木枝在火堆裡翻動，確保每一根木柴都能公平的被燃燒完全。

我們沒有專業的露營設備，帶的全是K年輕時登山用的裝備。這些裝備經過輕量化，去蕪存菁，以確保在最低公斤數的登山背包中能塞入所有在山裡生存所需的必備物資。它們是很稱職的登山裝備，不過用在露營卻顯得很彆扭，唯一像樣的是我們有兩張不錯的露營椅，能支撐此刻疲軟的身軀。

那個下午天空很陰，我們將所有裝備一股腦塞進一輛銀色TOYOTA後座，而後進入其中，兩人合力化身成為一輛TOYOTA，伴隨著孤單的引擎運轉聲在國道上奮力奔馳。我們的心被臺北悶壞了，只想逃往更開闊的地方。

K雙手握著方向盤，散發出穩重的氣味，我以為搭上一個人的車是付出了全部信任的表現：銀色鐵盒裡裝著我們倆，手握方向盤的人便決定了前進的方向。我想起一些關於信任和愛的故事，愈想卻愈覺得荒謬——我倒是經常將我的信任，以兩百元的價格交付給計程車司機。

抵達營地時天色已經完全暗下來，我們只得憑藉著一只登山頭燈的光源將帳篷組合起來。登山帳優點是好收納、重量輕，但組裝過程卻和謎一樣，毫無邏輯，在被完全組裝完成以前都看不出它有任何一丁一點帳篷的樣子，「輕量化的代價就是這樣。」K說。

入夜以後山上降溫的速度很快，寒意鬼魅一般襲來，輕易攫住骨頭，但這也只是山維持自身機制的平衡而已，山不帶任何惡意，也絕不惋惜。營主不知何時來到我們身後，旁邊跟了一隻黑狗，「牠叫做平安。」平安小心翼翼地嗅聞外來者的氣息，鼻頭濕潤發亮。

為了抵禦以等比級數下降的氣溫，我們向營主借來焚火爐和一些柴薪，木柴散發著溫和的木質清香，營主解釋起來，這裏的柴火全都是檜木劈成的，「常有客人來問，老闆你這個木頭很貴，怎麼捨得拿來燒？既然是柴，不就是拿來燒的嘛！」平安的主人談吐親切大方，有著渾然天成的單純感。

營火劈啪作響，烤乾周遭的空氣，當木柴被燃燒至一定程度後，便不會再產生嗆人的黑煙。因寒冷而僵硬的身體逐漸回溫，簡直像融化了一樣，K和我並肩坐著，紅色的微光在他臉上跳動，時間在輪廓上刻下的年輪隨光影清晰，倦意將虹膜切得細碎。一小簇火花奮力跳躍，隨即隱入黑暗之中。

火是極具毀滅性的元素，以光和熱形式釋放能量。火能夠用來照明、生熱、烹飪，甚至可以產生訊號或作為燃料推進，某些情境下，火是力量的象徵。火帶來的光亮使人類有了洞見的可能，卻同時賦予其毀滅的權利。

火扭曲咆哮，吞噬書本、房屋，熔化血肉，只留下焦黑的骨頭和沉默。

我曾經擁有這世界上最好的檜木鋪成的地板。父親在房間訂做了一片高級的木質地板，有記憶的童年，幾乎都是在那上頭過的。那是很棒的木頭，有著安定沉著的氣味，一家四口一起打地鋪睡在上頭。我常將耳朵貼在地面，能夠聽見木頭安靜的肌理紋路，便沉沉睡去。

那時毀滅還離我們很遠。

K開始組裝起高山瓦斯和爐頭，身體回暖後各項機能與指標正常運作起來，胃像被山風掏空的樹洞，低吟空虛。野炊是露營裡最核心的活動了，光是備料、烹煮就能消磨大半天，在山上突然膨脹得空曠的時間才不顯得無聊。

K慎重地將超市牛排投入鍋中，第一面三十秒，另一面再煎三十秒，接著快速翻面，每面接觸鍋面十五秒，如此重複四次，加速梅納反應的產生，再將側面立起，均勻受熱三十秒，最後投入一塊奶油，以餘溫融化，再以湯匙輕輕澆淋至肉排上，並靜置五分鐘。K的視線從未從煎鍋和手機上的碼表計時器上移開，虔誠地彷彿在進行某個宗教儀式，我忍不住笑了出來。K聽見動靜，遂將注意力轉向這邊。

「妳過來摸摸高山瓦斯的表面。」

秉持人與人之間最基本的信任，我伸手觸碰瓦斯罐，立馬被灼熱感咬得收回手，抱怨和白眼還沒來得及放招，K便先一步開口。

「高山瓦斯燃燒的時候，表面會降至很低溫，因為溫度太低，摸的時候會有個錯覺是它很燙手，但它其實很冰。」

「登山者失溫時，明明身在極寒，體感幻覺卻會讓他們覺得很熱，像被灼燒那樣的熱，於是他們會開始將身上的衣物一件一件脫下來，最終身體熱能全蒸發了，就會凍死。」

K喃喃說著，將牛排分切，我盯著那因為冰冷而燙手的瓦斯罐，愣愣出神。

在最極端的情境下，看似定律的事物也可能成為無序。此刻冷與熱失去了它們原有的界線，模糊起來，難以分辨。

「去把妳們最漂亮的衣服換上。」父親將房間裡的燈全點亮，語氣失了溫，聽不出情緒。

沉默烤乾了母親的喉，替我拉上洋裝拉鏈的手指微微顫抖著。「發生什麼了？這是要做什麼？」我儘量壓低聲音，以針眼般細小的音量張口詢問，不知是不是話語的重量實在太輕，以至於在還沒傳遞到母親右耳前便溢散在空氣中，我並沒有得到任何答覆。

母親左耳的耳膜破裂，站在她左邊說話總是費力。我曾問過母親，為何左耳聽不見了？她的回答總是蒙上一層霧，隱蔽通往真相的道路。

明明是炎夏的夜晚，木地板的觸感卻冰冷的像要結霜。重物被拖行的聲音伴隨父親的身影一齊出現在房門口。我看見他依然穿著白色睡衣，為何他沒有和我們一起換上漂亮衣服？

母親突然猛地向前，將我和姊姊擋在身後，以肉身築起一道牆，我因此無從得知她當時是什麼表情，只記得她背對我們時，我從左後方望見的，她髮絲散落的側臉。

父親又從陽臺拿來平時點菸用的，最傳統的打火石式打火機，房門被重重甩上。從身牆間隙望出去，我終於得以窺見某物的全貌——那是本該屬於廚房，灰白色的家用式瓦斯罐，足足有父親半身高。

一瞬間，周遭的聲音全數掉落。

瓦斯罐表面的低溫頃刻間凍結了整個房間的空氣，凍結一切吐息，一切溫情，一切血脈的連結。恍惚間我聽見檜木被燒裂的斷裂聲。

K的身體陷入一片深深的黑影之中，只剩指尖受到火光的眷顧，尚未被陰影覆蓋，他點起一支菸，打火石磨擦起火的聲響將我從熾熱的記憶中召喚，回到空氣清冷單薄的此刻。K的面容逐漸被吸吐之間飄散的煙霧暈開，終於緩緩開口。

「他做了那麼多事，每一件聽起來都很差勁，妳說了這麼多，但我好奇，妳真的恨他嗎？」

「恨倒是不至於，我想這就是問題。」

沉默開始無盡堆積，只剩營火燃燒時，木柴們發出的聒噪劈啪聲。

平安來到火堆旁，伸出柔軟濡濕的舌頭，溫柔地舔拭我的手指，這期間我感覺K曾屢次張口，想從沉默粒子中抓住飄散的詞語，組織出句子，卻只吐出深深深深，彷彿要將整個世界抽至真空的嘆息。

我知道我太多了，言語像一只開關壞了擰不緊的水龍頭，兩人猛然一腳踩空，掉入心靈深處。

如果有一人說得太多，就必定要有一人承接住結束話題的責任。可我不知道我還能說什麼，又或者，有什麼好說的？

於是我們再度走入寂靜裡。

另一端的山頭，霧氣開始堆積起來，如果山上起霧了就是要下雨了，幼時父親曾這麼告訴我。他總是開著那臺爺爺留下的破舊老爺車，任憑它怎麼拋錨都捨不得換，簡直像老爺車困住了他似的。

我們在「信任之豐田」上的話題通常是很安靜的，焚木前一晚，我躺在副駕駛座，將自己交託在父親手中，夜晚的路燈掠過眼睛，父親轉過頭來望著我，視線卻穿透我，曲折離奇，最終落在我身後不遠處的一個定點上。

我看見那眼底有暗潮湧起，又靜靜消退。

時間飛速在火舌間隙流竄而過，火愈燒愈低，最終只剩碳化的檜木，在爐底以暗紅色的姿態頑強抵禦，誓死不從。夜在我們都沒有發現的角落已茁壯得很囂張，K取來一整桶水，無情往焚火爐潑去，根本沒有前戲，火立馬就熄，沒有想像中的濃煙竄出，沒有水汽蒸騰，營火只發出輕輕的一聲嘆息，任憑黑暗吞沒我們。

那晚氣溫極低，山麓再也承受不住霧氣的重量，雨落在帳篷上，像有誰在外頭輕叩。寒意鑽入帳篷，沁入每一個細小的毛孔，我們將帶來的睡袋攤開，依偎在一塊，讓對方的體溫肆意侵犯四肢，沉入最深的角落。外頭的氣溫降至個位數，我卻感覺渾身異常溫暖，彷彿下一秒就要著起火來。K伸出雙臂，將我嵌合進他的懷中，力道之大好像要將骨和肉全揉碎了融在一塊，我記起那柔軟的厚度，那是長久以來被我隔離，就快要遺忘的事物。

我聽見帳篷外頭細碎的聲響——風掠過山脊，雨敲打枝葉，遠遠近近，混雜在一起。時間緩慢拆解，又縫補著什麼，記憶帶著模糊的熱氣，在悲涼與釋懷的矛盾間燃燒起來，多年前的那場大火從未熄滅，終於在此刻燒毀時間隔閡，燒穿木質地板，從腳尖漫上全身，忽視的代價吞噬我，無所遁形。K的身上還殘留火堆的煙味，我仔細撫摸每一吋被灼燒的肌膚，從其中摸出骨骼，摸出寒冬形成的年輪。恍惚間我回到那個無聲的房間，熊熊烈火在父親混濁的瞳眸裡執拗地燃燒，母親散落的髮絲在火光閃爍中飄逸，身上的洋裝焦皺、捲曲，指尖卻僵硬冰涼了。雨叩著帳篷的節奏愈來愈急促，猶在耳畔，催促我把門打開，去正視什麼。

那不是妳的錯，有個聲音在黑暗中貼著我的耳根喃喃低語，一滴淚淌下，在此刻沸騰，又靜默。

風雨最終癒合在黎明，火漸漸燃盡了。

佳作／林冠辰
雷聲若響

個人簡介

林冠辰，二〇〇五年生，新北人。畢業於臺北市立成功高中，現就讀臺灣大學生物產業傳播暨發展學系。近期又開始睡前滑手機，兩眼容易乾澀，要努力讓它們濕回來。

得獎感言

謝謝文學獎工作團隊、評審老師們、陪我出席決審會的馮姓友人。三月的我在發情。被這篇文章出賣了。非常有趣。

雷聲若響

或許是浸在3C裡醞釀出病識感吧，寒假心血來潮讀了有關手機與焦慮的書，便產生遠離社群媒體的念頭。我想透過疏離，得到隱隱渴望良久的清靜。紙本書適合我從網路世界遁隱，於是我學會在睡前閱讀。

升大學前，閱讀與我形同陌路。高中老師曾塞給我兩本書，讓我空閒時讀讀看，卻總是讀不滿十頁就想瞌睡。最近，我見證自己變了，書籍提升了我的精神與思想品質，我感到欣喜。

暗房間裡開一盞小檯燈，只容許床頭光明。我正翻著和磚一樣厚的書，講述網路如何使人類之間疏遠，人類又如何向虛擬世界索取情感溫存。是選修課的推薦讀物，要寫心得，所以不敢太放鬆，想快速進入閱讀的心流。

此時，視線邊緣的黑藍色窗面，閃逝兩道白影。像閃電。

不疑有他，卻難免分散了一些專注。白影再閃。真的是閃電。

那就快打雷吧。過幾秒，隱約聽見混濁的雷聲。氣密窗死死擋它在戶外，可聲音依然含糊滲透了，讓室內不再只有單調的涼，兩腿肌膚都如觸電一般，蔓延著幾絲熱意。我興奮。竟然在打雷。把書半掩，又不禁夾入書籤，乾脆闔上。眼前的窗面彷彿電影播映機，剎那間暗閃暗閃，強勢操控單人影廳的亮度。

悶雷，像從遠方的某一條大路滾滾咳來，痰液不進不退，喉道發癢。今年初的氣溫一向多情，小的中的感冒已經不知道染上幾遍了，呼吸是順暢，但鼻涕總以潮濕的姿態塗抹鼻腔，偶爾凝出一滴迅速流淌，害我癢，癢醒初春的噴嚏。

突如其來的雷，令我好奇是什麼好日子。剛過十二點，農曆二月初六，驚蟄。雷兀自響，我的內心因為天候與節氣精準吻合而澎湃。能有這樣巧合的事嗎？或者說，在失序的四時裡，陽光隨心乍洩，氣流飄忽又奔馳，雨噴霧或雨簾或雨瀑則滾動式淋灑；我忘了還有雷電，竟然願意在對的時間顯靈。

房間冷，我靜靜等待下一陣雷聲。白色的閃電或許是受外頭霓虹干擾，映上我的窗，泛了點紫影。在全然封閉的室內，我只能呆望著一面窗框裡的色塊，難免將就了。雷聲似乎開始犯懶。閃電猖狂，好幾片白光暈堆疊出我的期待，卻遲遲等不到一聲巨響把它劈散，使我心悶，越悶越覺得周遭的空氣冷。

我曾親眼看過最清晰的、慘白的閃電。它彷彿一直存在空氣中，等白光零死角地覆蓋才顯影，形似大氣層往地面怒扎的根系，分岔之間流露不可言喻的美感。那時候，七月的下午三點多，烏雲掩蓋大部分天光。夏日的校園裡，潮濕，悶熱，好像累積半天的某種能量是時候釋放了。閱覽室的窗面閃起白影，我知道那是救贖我的閃電，於是抓起水壺與手機，直奔我們班教室外的走廊，一個人等雷。

我們班，一個月前還進出自如的教室，此刻連窗都上鎖。校園空虛，畢業的早已畢業，放暑假的也通通回家，而我還陰魂不散地纏著這座小城樓。分科測驗剩不到半個月，來學校閱覽室念書的人漸少，我不在乎，畢竟那些同樣來念書的，我一位都不認識，沒他們相伴反而自在。那麼，我認識的，想要他來陪的，此刻正在做什麼？

又一道白光劈開對面的樓，發出燒柴的滋滋響，彷彿在一陣刺眼過後，會見到磁磚迸裂、焦黑。風很強，成列的椰子樹梢被吹往同一側，陰霾籠罩著，跑道面是摻了灰的棗紅。已經幾天沒有下樓慢跑。

龐大的雷聲摔落，不及掩耳。彷彿責備心不在焉的暑期考生。

他應該在看球賽吧。當我從歷屆分科測驗的題海浮出來，想喘口氣，點開Instagram，最關心的總是他的限時動態，即便都只轉貼一些與我無涉的賽事貼文。NBA最近正進行什麼節目，我不懂，只記得畢業前的兩、三個月，他總是和他的好哥們浸在球星與賽事的話題裡，此時應該也差不多。

北臺灣下大雨，室外灰濛濛，體育老師把教室的燈全關了，播放太平洋西岸的如火如荼的籃球賽。屏幕泛著一片賽爾迪克的綠光，而我只看得見屏幕前，他與好哥們勾肩搭背的剪影。我無聲地融入漆黑，連影子也不是。球進了，他們興奮，他們驚呼。

我無感於籃球的熱血，如果要運動，寧願安安靜靜地練核心，或跑幾圈操場，當自己是一架獨自繞行軌道的機器。

平日放學的男校，吵。我慢跑，四周永遠有橫衝直撞的人與球，習慣了就無妨，只需專注調節呼吸，二吸一吐，一邊配速。跑著跑著，同一片風景流逝了又重來。見光不見日的天空映襯四棟樓的輪廓，磚色之前，摻雜高矮胖瘦的樹影，綠樹在風來的時候會抖落幾片黃葉，輕脆，枯燥，在潮濕的跑道上慢慢腐。跑經過籃球場，會下意識地往人堆裡瞧，若視線來不及尋到他的身影，就經過了，繼續下一圈。

環繞的過程，像是把無以名狀的情緒圈禁於曠地，總奢望跑得越多，雜念就拋得越徹底。

我漸漸緩下來，走到司令臺邊，喘粗氣，喝水，再窺視一旁場上激烈運球的他，他大約看不見我。才剛抽離跑道，仍頂著暈脹的頭腦。我用視線在他的身影上畫圈，對他的記憶就更深刻。天旋地轉。

閃電瘋了似地鞭甩。

操場，迴廊，沒有一個人、一絲聲音。雨點落在乾燥的地面成了雀斑，逐漸密集，滴滴答答染出更深的青綠。整座校園都覆上一層水。遠的霧，近的朦朧，走廊也頻頻被雨噴濺，沒一個角落能避免濕氣侵襲。雨勢不能再滂沱的時候，雷響了。我雖然在建築物裡，與雷之間卻沒有隔閡，每一聲俐落的暴擊都被我的耳直接吸收，回音也是強勁的。餘韻震撼，能讓心臟緊縮，猙獰，表面爬滿蒼白的血絲，如同接續鞭笞著臺北的閃電。

風挾帶雨珠吹來，侵蝕我的薄短袖，渾身瀰漫令人感冒的沁涼。我獨自憑欄，總冷不防懷念起更之前的幾個月，我們都在準備學測，是穿厚帽T的季節。週末，高三教室也會開放學測生來自習，我和他都來。各自完成幾回題目之後，他會晃到我身邊，拍我肩，搔我癢，撥我頭髮，替我戴上連身帽，或其他無意義的肢體接觸，看看我錯了哪幾題，討論待會午餐吃什麼。當下的我似乎沒有太多想法，只知道那是一種很好的感受，扎實存在的，我擁有的。

學校五點關。被警衛趕走後，再一起窩進咖啡廳苦讀。他寫英文題本錯了很多，心神浮躁，溫熱的紅茶拿鐵不能消解他的煩，於是問我要不要陪他小酌。戶外乾冷，風颳過臉頰時幾乎要刻出細紋。我們買了兩瓶濃度不高的水果風味的酒，坐在路邊木椅子上，酒很冰，飲下肚的時候反而覺得身外的空氣是暖的。或者，暖意來自我們坐得近。銘黃色街燈輕輕照拂他的臉。離學測剩不久，我找不到遠大的志向，只想趕緊考完然後鬆懈；他總說，想考上前幾志願的法律系。我明知那有點太理想了，卻只想用力支持，彷彿他能往明亮的地方走，比我盡快摸索出自己的光點來得重要。

很晚。我們走進捷運站。等車。他隨手拍下冷清的月臺，發限時動態，標註時間。我喜歡他那陣子發的限時動態，很多時候，畫面之外的人是我陪著。我在他面前相對寡言，因為他腦袋裡有裝不完的想法，可以滔滔不絕，我只需適時回以意義不明的表情或聲音。我們可以自然地對視，在那樣平衡的摯友關係裡。我向來不敢輕易認定自己在別人心中的分量，怕自作多情。但他已經將我納入限時動態的摯友名單。點開Instagram，看見他螢光綠的限時動態，總是快樂。

這樣的快樂，膚淺嗎？

雷總在失去防備的時候驟響。

他的限時動態開始充斥著我看不懂的，也覺得無聊的事物。籃球賽季伴隨盛夏的雷雨而來，他的世界裡有球星，有球友，已經很夠了，再多只會悶熱。跨越學測這道檻，我們選擇了不同的升學管道，所以我只能在寫分科測驗的題目時，習慣性地用餘光瞥向斜後方他的座位。還是想與他相伴的。但他可能正忙著個人申請的資料，或者，正拉著哪幾個好哥們談論球賽的話題。耳裡傳來賽爾迪克溜馬云云，眼前卻只有歷史地理。題目一錯再錯，我渙散，我煩悶。

腦筋混沌，風糅合了雨，旋成空殼裡的螺狀風暴。身邊明眼人都看得出來我已經鬱鬱寡歡一陣子。國文老師想幫我舒緩備考的壓力，借我散文集，讓我以閱讀轉換心緒。散文的字句有直率，有迂迴，有時不見得能讀懂，就順順地瀏覽過去，知道作者大約是個有才且赤誠之人。我不用細細咀嚼，只要睜開眼睛，哪怕盯著對方產生了些睏意，過程也是舒服的。他是一篇讀起來殊異卻吸引人的文章。眼下我是讀不到了。

畢業。棒喝一般，了結我單方面的藕斷絲連。

身後熄了燈的空蕩蕩的教室，不再屬於我們。它從來就不屬於我們。倚著正運作而微微發熱的飲水機，喝溫水，望操場，大雨無節制，傾洩四棟樓圍成的盆底。

淹水，風向紊亂，一陣陣把球場地面的雨浪匯送到中央，它們相遇，碰撞，散失。黯淡的樓層與樹群，全倒映在深深淺淺的水紋裡。不久前的我好像也在那裡頭蕩漾，心神隨波逐流，終於流回廊簷下的身軀。

有時，難以界定他在我心裡的位置。或其實不用界定位置，任他的樣貌在腦海浮沉就好。

他現在就讀的大學，位在多雨的地區，似乎曾看過他發關於鬼天氣的限時動態。碰面少之又少了，平時也不怎麼互通訊息，畢竟我依然看不懂球賽，沒話題，沒理由打擾他生活。他的限時動態，紅圈或綠圈，內容都與我越來越無關，有很多新的人事，也有不知從何興起的心情。有幾次，我想問點什麼，聊點什麼，但點擊愛心，滑過去，就過去了。

無聊時，可能還會想起他。透過社群媒體點進他的生活圈看看。他成了螢幕裡的側拍照，簡短文字流露的口吻。是一個漸漸平面的概念。

連面也見不到，他就僅僅是精神上的念想。

獨善其身的日子還算舒心。我收回專注力，繼續閱讀。房間乾爽，昏暗，寧靜。風雨在外頭兀自激動。稍微清楚的聲音來自窗簷，噼噼啪啪，像空寶特瓶被掐扭，碎成零落的透明顆粒打響壓克力棚。

不過白噪音聽久了令人意志消沉。書中的文字不再清晰，我需要刻意凝神才讀得了，而瞳孔偏偏使不上力。

輾轉成側躺的姿勢，雙手有氣無力地握住書的邊緣。睏意在頭部盤繞，我盡量憑著裸露於冷空氣的下肢，往腦袋輸送一些精神，維持清醒。不過書中的字句越來越不知所云，我讀進腦中的內容，彷彿也不是來自作者。身體愈來愈冷。只覺得有隻冰涼的手從我腰側伸過來，手肘相疊，掌心撫過我的掌背，不過幾秒，兩片肌膚就互相捂熱了。我終於闔上眼。

瞬間，手指出力，疾速捏回險些摔落的書，然後驚醒。

我坐起身，辨識出窗外的雨聲不假。它滂沱，但糊成一片。就像消失的剛才那幾秒鐘。還有雷聲陪我。

聽著它，像是沐浴著一種過癮。但這過癮從來不為實踐我的幻想，倒是在幻覺出現時提醒我睜眼。或在麻木的時日裡告訴我，你其實還不夠冷冰，你畢竟是恆溫動物。

佳作／陳立昕
關於

個人簡介

二十二歲，天秤座，自我認同是玉米濃湯棒。擅長在聊天時岔題和做太長的前情提要，不擅長自我介紹。興趣是散步和聽隔壁桌的人對話。據說抓周時抓到筆，於是打算盡可能地寫下去。

得獎感言

關於那些震動心臟的事物，它們都沉入海底了。

這篇散文是我半路撿到的化石。謝謝覺得它美麗的人。

關於

（一）

發現自己關於小島的敘事幾乎全部都關乎於他，這使我感到困擾。島上各個角落可以被粗略分為和他一起去過或是沒有，分別在兩間店打工的我們有默契地在各自工作結束後一起出門，願意把少數屬於自己的午後和晚餐時間留一些給對方，共謀一段有期限的關係。通常見了面也不做什麼的我們，只是騎著車到任何看得見海的地方坐下，動用浪聲吞沒稍微逾矩的話語。只有那些無關緊要的得以留下，震動心臟的事物都沉入海底了，盼望有天會成為化石。

而島那麼小，哪裡看不見海呢？就算是在小山坡上，也沒有看不見海的可能。最遠是聽不見浪聲，那裡兩人之間的空氣大概會過於安靜，關於他、關於我，清醒著就並沒有足夠多的能說。

久未沉溺，然而如今再次踏上島嶼，我不得不正視這個問題，不管我走到哪裡，我總會看見與他相似的背影經過，閉上眼睛後明白那並不是他，然後再次睜眼，發覺甚至一點也不相像。關於他我寫過不少東西，詩一首、歌詞兩首、小說三篇、雜記大概五六七八篇，戲稱是消費回憶，心裡知道我只是想試著像捏黏土一樣，在我的文檔裡重現他的臉，和在他身邊時我的臉。按下儲存檔案後我會花一些時間承認自己還是失敗了，怎麼寫都不像，怎麼寫都不會像。

那些東西都是在離島之後寫的，我放任他的樣子在城市裡溶解、重新生成、凝固，變成那麼多個別人，連我自己都快要無法辨認。我的文字要負全部的責任，它們從來都不夠誠實。並不是想要絕對的真實，那在我下筆的瞬間就不存在了，但當我連腦中的真實都止不住地閃躲，那我便是一個偽善的寫作者，說著太多點綴的話，站在遠方看他在我所創造的漩渦裡漸漸斷裂、漸漸毀壞，而造成這一切的敘事者我無能為力。

（二）

反覆夢見營火。

火周遭的空氣晃動，影像在進入眼睛之前經過了太多的曲折，像隔著水面。我是不是從那時候開始看不清楚他的臉呢？只感覺到熱。

那堆營火真的有燃燒過嗎？我此刻開始懷疑。照片裡我和他坐在彼此旁邊，交頭接耳說過什麼，都只剩下木柴爆裂的聲音，所以我想它真切地燃燒過。火光映在臉上形成深淺不一的紅色，比我手中那罐沒打開的啤酒誠實，後來輾轉到了他手中，打開易開罐和氣泡洩漏，那滋——的聲音，輕易掩蓋了我想坐到他身邊的願望。最後剩下一點被倒進營火。它不會滅。

不知道營火後來是怎麼被撲滅的，我想就是慢慢燒完了，那是問題所在。沒有看見最後一顆火星熄滅的瞬間，它在我的世界裡就一直燒著，跟著我回到城市。而城市沒有夜晚，火不明，但煙不盡。於是我反覆夢見營火，火星一直沒有熄滅，只需一點乾燥的木柴，我就再也看不清什麼。

我該喝掉那罐啤酒的。僅有一罐也澆不熄，我是明白的。

（三）

小島不允許虛偽。在一座島上寫這座島的事情變得吃力，因為那些與我有關的，皆或多或少與他有關，而我無法保證誠實，無法保證心像淺灘，乾淨得能辨認每隻魚的花紋。但還是想寫。

若是想寫舊的東西，需要爬梳回憶，從他機車後座沿著公路向外望去，寫海怎樣藍或風怎樣大，透過被他的白色T恤和我無法擁抱的腰所扭曲過後的感官，那天的風一定沒有那麼涼，我想，海也不是那麼清澈。寫著的時候有什麼落地了，他的聲音落在我的紙上，說他不想離開這裡，我希望那是真的。於是我將那句話寫下，「我不想離開這裡」，將它變成真的，然後回答，「我也是」。他的臉逐漸被拼湊起來，我才知道這次沒有寫錯。

寫新的東西也是那樣，一間新開咖啡廳裡的巴斯克蛋糕必然會被拿來與我和他一起吃過的某盤義大利麵作比較，像是說著在西班牙的西班牙海鮮燉飯應該會比較好吃一樣。他說想去西班牙看一看，我也從沒去過義大利，我們都不知道巴斯克蛋糕、義大利麵，甚至西班牙海鮮燉飯真實的味道是什麼。我只知道他大概會喜歡這份巴斯克蛋糕，而我比較喜歡舊的。這也被我寫下來，當作歧路的指標。

（四）

竟然忘記那隻貓的名字了。他店裡的貓，一隻肥肥的虎斑，在我們即將離島前腳受了傷，送出島治療，他每天看獸醫傳來的照片，像養了牠一輩子。愛屋及烏般地我也好喜歡那隻貓，喜歡到我幾乎不能諒解自己忘了牠的名字。

我記得的只有牠喜歡倚在窗戶旁邊，把臉頰肉抵著玻璃，閉起眼睛，曬太陽睡覺。我沒怎麼見過牠醒著的時候。他說貓很親人，給我看了很多影片，牠醒著，繞著他轉圈圈，鏡頭湊近，他好看的手輕輕撫過，偶爾會有好小聲的呼嚕在呼吸的間隙抵達我的耳朵，不帶惡意又不著痕跡地和我宣告牠的幸福，確定的幸福。和我的不同。

他和貓在同一邊，隔著窗戶的玻璃和螢幕的玻璃，我在觀看的這一邊。伸手碰到一面牆，我好想穿過去，順著貓的毛摸，湊近牠耳邊問是否喜歡我。如果答案是肯定的，那他會愛屋及烏地喜歡我嗎？

輾轉得知那隻貓的腳痊癒了，店裡的人去接牠，搭著船搖搖晃晃地回到了島上，牠又能夠躺在牠的玻璃窗邊安睡。此次重新經過，確認牠仍在那裡，一樣沒有睜眼看我，令人感到莫名的安心，他應該也知道牠很好。而無法叫出牠名字的我、愛屋及烏的我、站在窗外的我，不帶惡意地希望牠正在睡個好覺。

（五）

來到島上仍然反覆夢見營火。

營火出現的夢境多有不同，有時必須從撿柴開始，有時蠟燭先開始燃燒（我所能自行製造最大的火不過是蠟燭），燒著燒著突然出現聲音，笑鬧、海浪，與木頭崩裂。

這次先是蠟燭，然後是飛機起降，最後才是營火。

圍繞著營火有人在跳舞，我不跳舞很久了，只跟著音樂小聲唱歌。跳舞是小時候的事，舊的，關節都生鏽了。我不喜歡跳舞，我和每個人都這麼說，謊言裡帶著鐵鏽的粗糙，沒有人追問。

在沙灘上生火，訊號不好，暫時沒有光被洩漏到島嶼以外的地方，在夜晚眾人共同持有一個秘密，期限是天亮。沙灘靠近機場，夜晚的島嶼沒有班機，來到或離開都被耽擱至明日，飛機起降的聲音應該是我的想像，想像和他約好一起離開。

共同持有的秘密，我將這個範圍再縮小一些，用想像的飛機噪音包裹顫抖著說出的話：「其實我小時候很喜歡跳舞。」他打開我手中的啤酒，交還給我，讓我溶解心裡的鐵鏽。

我們看著火燒，決定保密。

（六）

許多好的地方和他一起去過了，不好的也是，還有在某些無法被稱為地方的地方，我們曾存在過，然後消失，變成泡泡。或許變成泡泡的只有我，貪心了，像小美人魚。一起走過一條小路，用我把真心燙脫一層皮才得以換來的腳，走在他身前。並不期望走到哪裡，無關抵達，我們就只是走。

那條路後來也真的沒能通往哪裡，在一片雜草中我們折返，笑說路的盡頭怎麼可以什麼都沒有，有點惆悵地明白了我們不一定能通往好的地方，甚至從來都沒有地方，何來通往。那條路因為颱風消失了，我再也無法確認是不是其實有地方可以抵達，只是我們沒有走到。我寧願相信沒有。

那片雜草是唯一不關乎真實與否的，因為那裡什麼也沒有。我開始懷疑我和他是不是其實也可以無關真實，全憑想像，有一些部分或許是這樣的。什麼都沒有是一句咒語，它弭平所有的意義。

（七）

當一陣風突如其來地吹起／也帶不回你／我多想見你

經過一條和他約好要去走的步道，真正可以通往某處的步道。「我們下次一起去吧。」他這樣說過。風把這句話捎來我耳邊，手一揮就散。

沒有兌現的承諾是否構成一種謊言？

有太多關於未來的問句，我們都沒有問出口，但我想可能早就有答案了，放在步道終點，等著下次。下次一起去的時候，我們就能夠先知道答案，再問問題，確保心意毫無破綻，命運萬無一失。

難得經過，還是不打算自己走上那條步道，總有種失約的愧疚感。雖然不是立下諾言的人，但笑著點頭的我，必定也簽下了契約，時限是直到雙方都遺忘。他存放在那裡的答案是什麼？真想知道，但沒有勇氣知道。

他是那種誠實的人，我想他會給出誠實的答案。正是因為這樣，我才走不上那條步道。難以承擔後果，我想可以這麼說，我知道步道盡頭會有一片海，和「再也不見」的答案。

而我不是誠實的人，我的答案寫在一張紙條上，折得很小，藏進木欄杆的裂縫。我會費盡心思說一個簡單的謊，把「再也不見」寫在紙上，等風把覆蓋真話的沙吹走。

所以說，沒有在未來兌現的承諾算是一種謊言嗎？

一陣風吹起，承諾和答覆散在空中，我抓下來幾個字，揉成一團。攤開手心，飄起：一起。

不。

下次。

了。

他的輪廓突然無比清晰地浮現在我的眼前。真實的部分被我寫下來了，在風重新把他帶走、剩下謊言的輪廓之前。從來都無法兌現的承諾是比謊言更輕的東西，但它們被我寫下來了，在我的紙上，再也無法被吹走。

他說謊了，多希望他沒有。但我知道的，誠實有時候是，從心底說出的謊。

（八）

關於島，島是那樣小。小到我只能走一條路、畫一個圓，在島的後面看一片海、唱一首歌，重複一種再見。

佳作／劉子新
果腹

個人簡介

二〇〇五年生，嘉義人，師大國文系一年級。喜歡吃點心和宵夜。著作有短篇小說集《白腳底黑貓》。

得獎感言

文章是在看完演唱會從新千歲回臺灣的廉航飛機上寫的，因為附近的人在吃機上餐排骨飯，真的很香，我很餓很生氣，所以開始寫，結果寫一寫更餓了，可惡。

還有我小時候我阿嬤都叫我蘋果，所以果腹的意思其實是蘋果的肚子。

果腹

我的家中無人茹素，也沒有什麼需要戒口的家族病史。可是自幼以來，我家餐桌上一道又一道的菜品，總是菜是菜，肉是肉的。

那種感覺很難形容，好像每一樣食材就算是烹飪過也都還是很獨立的個體，不會有咖哩、焗烤那樣能讓食材融合的調味，也不會讓每個食材染上其他佐料的味道。於是在家裡，所以我好像很少期待吃飯，甚至也很少空著肚子走向飯桌，我熱愛所有「有味道」的零食，更熱愛吃外食。

從小我就很會把握及爭取在外面吃完飯再回家的機會，若是再一兩個小時就是吃飯時間，可是認出車窗外的景色是要在要返家的路上，我總是會急得幾乎哭出來，只因為我憎恨什錦粥和什錦麵，憎恨澀口的菠菜和魚，可是我卻無法永遠逃開，就算如此，能逃避一兩次也是好的……

我很小的時候，曾因為覺得家裡最常掌廚的奶奶一直買到盜版的鹽巴，因而在一個大家都在睡午覺的傍晚潛進廚房，豪邁的抓了一大把鹽就扔進嘴裡。鹹是很鹹的，不是盜版的。

但就是不知道為什麼，藉由家裡那口沉穩的、年邁的黑鐵鍋炒出來的所有東西，就總是同樣一個味道的。

軟爛的地瓜葉摟著地瓜葉，若咀嚼幾口就覺得自己像柵欄裡的牛被餵枯草，一股葉脈中流淌的、還含有生命意味的澀味裊裊，從舌根竄上鼻腔；我最討厭吃的鮭魚也是同樣，沒有醃漬，沒有爆香，只是一塊淺橘色的放到電鍋最上層，放上切薄的薑片，熟了，也就端上桌了，這同樣很需要咀嚼，咬一兩下，所剩無幾的鮮味就被搾乾，之後的每一口都像在磨牙。

我不會主動盛魚和水煮菜，因為我認為自己不需要它們，但圍繞在餐桌旁的其他家人並不這麼想，他們總會趁我不注意的時候，用那些沒味道的菜把裡頭疊得高高的。然後我會生氣，因為我深刻的清楚等會入口時要受到怎麼樣的折磨，我必須戴上耳機，打開我精心從網路上搜羅的美食影片，有時是教人如何烹飪料理的，有時是拍攝誰到餐廳用餐，一道又一道精緻的料理井然有序的端上桌來，從西餐到中餐，從家常菜到高級餐廳的料理，我的資料夾裡琳瑯滿目，它大概只有唯一一個缺點，就是它們都不會真正的出現在我家的餐桌上。

不過小時候，我一直認為這是我自己的問題。因為我的家人從不對餐點提出任何怨言，對於不愛吃飯的我和我妹妹，也總是說是我們的口味太挑嘴，於是我也一直以挑食自居，這也不吃、那也不吃，最討厭吃茄子。

直到稍微長大，我才從堂姐、媽媽的口中得到一些委婉的線索，「就那幾道菜輪番上陣……你們都不會膩嗎？其實我早就膩了。」堂姐說，「阿公從來不會說不好吃，至多只有得意的點出哪一道菜是他做的，問我們好吃嗎？還蠻好笑的……」媽媽說。

「爸爸媽媽下班都晚，都沒時間煮飯，奶奶願意一直煮飯給我們吃，你們要知道感恩。」不過每當我抱怨的時候，爸爸媽媽就會這樣說，於是我知道我除了繼續網羅更多美食影片以外沒有任何解決辦法，只能知道感恩，感恩的味道是那樣柴，也苦澀且平淡的。

再稍微長大一些，一直在中國大陸工作的叔叔娶了嬸嬸，嬸嬸是廣州人，我對她的第一個印象，大概就是有一天我從國小回家，推開奶奶家的門時聽見她很震驚地問，豬肉就這樣水煮沾醬油就能吃了喔？怎麼可能，這樣有辦法吃嗎？

她的震驚太情真意切，以至於我忍不住笑出來，然後我奶奶的臉色也一陣青一陣白，「是呀，我們都這樣吃。」我聽到我奶奶說。

於是每當叔叔嬸嬸偶爾回來臺灣，都是嬸嬸掌勺，她和我說她吃不慣臺灣料理，我覺得很好笑，我沒有和她說，她吃不慣的應該只是我家的飯菜。

不過，只要是嬸嬸掌管廚房的那幾天，我會特別喜歡吃飯，因為就連同一款香腸她煎起來都和我奶奶做的很不一樣。外皮油亮焦香，內裡溫軟，更別說其他青菜，炒高麗菜外頭裹著一層亮亮的油脂，混著蝦仁和胡蘿蔔絲，炸茄子和各式炒肉、煎煮的菜色更是一絕，我發現我根本不討厭茄子，我只是不喜歡從前每一次吃到的料理方式。

吃完飯，一直把手機擱在一旁的我心滿意足，每一個不用盯著手機看影片的吃飯時間，我都會覺得異常幸福。

高中的時候，我才慢慢從奶奶眼中讀出不同的情緒。我小時候只知道在吃飯時間前的三個小時打電話過去說不在家裡吃飯是絕對會成功的，提前兩個小時則是有些危險，一半的機會會被罵，一個小時的話則大部分會被拒絕，「我米都泡下去了」、「剩下一個菜還沒炒，已經可以來吃了」，通常會得到這樣的回覆。可是長大之後，我才意識到這個時間，就是奶奶待在廚房的時間，是她與瓦斯爐、與電鍋、與死狀淒慘的魚和沒味道的菜葉搏鬥的時間。

為什麼一直大部分的日子都只有她在煮菜呢？至少我不想一天至少花五個小時煮飯。

於是我再也不會在她面前說飯不好吃，可是有時候還是無法抗拒渴望吃自己喜歡的東西、渴望大魚大肉的本能，於是開始轉換跑道，我會指著桌上一些我還算喜歡吃的東西，例如玉米炒蛋、馬鈴薯紅蘿蔔蛋沙拉（就是上述的食材加入美乃滋後攪拌）、沾醬油的荷包蛋之類的，我會說我很喜歡吃這些東西，奶奶就會常做，學會變通的我慢慢能夠和晚餐時間和平共處。

晚餐時間的氣氛就是淡淡的，總是那些人，奶奶努力的想找到話題，卻總是被堂弟、堂妹偷偷白眼，反正盡是那些功課怎麼樣呀、老師怎麼樣呀、要認真讀書之類的。沒有人喜歡聽她講話，但也沒有人會吵架，也幸好她就只是一直保持著同樣的火力，也正好是大家忍耐的最高限度，再多無法忍耐了，就像晚餐的難吃程度一樣，勉強、勉強可以笑著說，喔，都還好啊。

後來，叔叔因為工作的晝夜顛倒，再加上從不準時吃飯等等的緣故，罹患大腸癌，發現之後沒過多久就過世了，原本就很少出現的嬸嬸因為這個，再加上疫情就更少回臺灣，一兩年她才會回來看一次爺爺奶奶，那時候我已經高中了，不再會任性的亂笑、亂講話。我在旁邊安靜的觀察他們說話，「因為得到新冠，那幾天我完全吃不下任何東西，整個人瘦了二十斤。」嬸嬸說。

「要好好保重身體。」爺爺說。

那樣清淡的語氣，像雲或很細很細、幾乎就像飛蟲那樣的雨在天空中飄。過了幾天，嬸嬸也確實又飛走了。

我開始因為功課壓力漸增，要補習、要和同學討論小組作業，有了更多理由可以逃避在家裡吃晚餐。可是有一次在和朋友聊天，一起在夜市裡尋找當日的晚餐時，我卻悚然發現自己好像一直都沒有長久的朋友。

我少有在一個階段畢業之後還會聯絡的同學，在班上，我的人際關係算是不錯，大家願意和我同組，有自己會一起去上廁所、畢業旅行遊覽車一起並排坐的好朋友，可是這些人，無一例外離開學校就不再聯絡了。

我從不和好朋友吵架，能夠忍讓儘量忍讓，遇到問題也不愛溝通，我不會在背後說別人很難聽的壞話……只是如果到了能夠分開的時候，就會自然分開，不再聯絡，這就是我的解決方式。我們全家人都是這樣的，小時候我無理取鬧時，爸爸媽媽最常用的教育方式就是冷暴力，任由我倒在地上哭叫，只要不理我，我很快就會自討沒趣；爺爺奶奶在我做壞事的時候，也不罵我，只是叫我去牆邊罰站，牆上有雙用藍色白板筆畫的手印，我就要安靜的站在那裡，直到他們覺得我「知道錯了」；甚至，家裡的大人因為財產有什麼問題，也不會吵架，就只是爸爸會說，那幾天不再過去奶奶家吃飯。小小的我當然不會覺得有什麼問題，我倒是很開心，從沒想過到底為什麼大家遇到問題都是這樣。沒長嘴巴、沒有舌頭似的。

沒有醬油、沒有鹽巴、不染葷腥，輕輕淡淡的，我們這一家人，就沒有人留得下不完全屬於我們的東西。

叔叔的過世，在家裡一直是很禁忌的話題。小時候經歷的當下沒有感覺，可是長大後我回想起來，想到嬸嬸在醫院裡大哭著說是我沒有照顧好他，想到奶奶和爺爺說我們不怪你，想到辣椒炒肉，都會覺得有些心酸。可是這些瑣碎的事，我們從不提的，只是逃避，只是在嬸嬸偶爾撥打微信電話過來時，我會笑著和她打招呼，寒暄幾句，然後找理由趕緊帶著妹妹回家。

其實我還是很想念她做的菜，也很想念叔叔和她，只是我不知道該怎麼用嘴巴表達，表達愛，表達鹽巴，表達三杯雞。於是我就逃跑，逃回家，喝水，然後用棉被蓋著頭。

人際關係對我而言就是太鹹、太讓人難以忍受了，越深刻的關係，我就越想逃跑，我討厭互相虧欠，討厭爭執再和好，我實在討厭任何比我奶奶做的菜更重口味的關係。

我好像也被那十幾年來如影隨形，餘音繞梁的幾道反覆出現的水煮菜弄得像是一個幾乎沒有卡榫的人，我不太礙著別人的路，可是漸漸的，我也留不住任何我想留著抑或不想留住的人。

大學之後，我每一天都能夠自由自在的外食。可是這樣的我，卻很矛盾的怕寂寞，隨便吃什麼我都很容易覺得好吃，可是我討厭一個人吃飯，這才發現，原來這才是最難得的配菜嗎……我不願意尋找也沒有呼之而來揮之而去的吃飯朋友，我知道不可以那麼自私，只在需要的時候才要人陪伴，卻不知道怎麼改變。畢竟人與人的關係，不就是由那些生而為人最細小基礎的本能堆疊起來的嗎？可是我不知道該如何更改本能。

這裡很多東西好吃，但不幸福。我討厭日本料理的拉麵加白飯，那種碳水太有目的性了，就算是好吃的；也不喜歡石鍋拌飯那種吃完幾乎就走不動路，胃凝固成石頭的不適感，但這也是好吃的……其實吃的時候，我總是會說好吃，也是真的覺得好吃，只是那些東西，總是吃了很多之後頭暈目眩，不舒服，也不幸福。

後來，我幾乎像在搜集或證明什麼似的，很努力想嚐遍那個資料夾裡的每一道料理，可是每吃一次，就會感受幾乎像被細細電流電擊般那樣輕微的痛苦，其實也就這樣，我已然無法再是從前那個覺得若是能吃到這些東西，生活就會變好的自己。甚至因為習慣了家中飯桌上那種清淡的菜色與氣氛，我的胃袋好像也被養出從不饜足的空洞，我永遠無法只靠食物填滿口腹之慾，無法簡單料理心中的不安和煩悶，也很難輕鬆解決身邊接連出現問題的關係。最後，我好像也成為了什錦粥、水煮地瓜葉、清蒸鮭魚那樣的人。

至今我還是不知道該如何解決這些問題，於是雖沒有晝夜顛倒，卻也無法飲食規律。餐桌的對面總是空空的，我只好又戴著耳機，裡頭的罐頭配音很乾澀的、不知疲倦的日日這樣笑著說，今天來教大家怎麼做紅燒排骨……

是的。我確實從不茹素，少有忌口，也沒有任何需要戒掉調味料和大魚大肉的疾病，我只是一直以來都病態的渴求鍋氣，卻又難以忍受油煙的，如此果腹。

現代小說

首獎
林子晴
代言人

評審獎
家柴萬罐
一瞬間的永遠

佳作
林宇軒
搏命

佳作
徐士棋
螢火蟲

佳作
翟允翎
當你成為我

現代小說　總評摘要

張亦絢老師

針對本屆小說組作品的整體評價，亦絢老師認為整體完成度高，題材多元，創意飽滿，評選過程實屬不易。

在審視作品時，亦絢老師特別關注兩個評分軸線：一是作品屬於哪一類型或範疇，如寫實與非寫實、大眾與非大眾之間的定位；二則是作品自身的完成度與與過往其他經典作品、知名小說的異同與突破程度。亦絢老師肯定許多創作者在技術與想像上皆發揮很棒的實力，但也常見在技法、鋪排上出現些微瑕疵。因此，評選時會顧及公正性與整體技術表現，選擇在完整度上表現較佳的作品。儘管老師坦言有自己的遺珠之憾，然而好的創作不只是展現潛力，也需顧及在技術上是否已能成熟自如地運用素材。

亦絢老師還提到，本屆入圍者的一大特色，是部分作品以「創世神話」的形式進行書寫。雖在老師的考量下較

陳栢青老師　　連明偉老師　　張亦絢老師

未選擇這類型的作品，但她認為這樣的取徑本身並無不可，若能進一步加強文本厚度與內在結構，同樣能成為精緻小說的可能方向。有志於此類型創作的同學，可以持續深入探索與精進。

在評析整體技術時，亦絢老師特別強調「過程」與「結構」的區別。許多作品雖具備自然流動的書寫過程、在鋪敘過程中逐漸找到結構；但若無明確的整體文學結構意識，將難以展現更高層次的敘事力與作品強度。結構不應只是創作後期補足的外框，而作品內在意圖與組織力的具體展現，也是寫作功底能充分發揮的所在。期許創作者能從書寫中提出更完整的結構，並進一步讓這份結構意識成為作品的核心支柱。小說、甚至文學創作，不只應具備靈感與才氣，藉由結構和過程、靈感和技術的適切平衡，方能展現真正成熟的文學眼光與厚度。

連明偉老師

明偉老師首先讚賞本屆小說組的整體水準非常整齊，作品展現精湛的語言掌握與敘事敏感，尤其在文筆與微觀描寫上，數篇作品已然走向專業寫作者。此外，題材選擇並不局限個人的生活經驗，嘗試向外擴展，談論同儕競爭、科技影響、暴力脅迫與失衡情感等議題，在「普遍性」與「獨特性」的辯證之間各擇所長，使得整體書寫更具深度與廣度。

在文學創作中，必須兼備「破壞與創新」，明偉老師特別提醒，文學其實來自過往的「累積與承繼」。接續以上觀點，有些作品中，文本的書寫技術相當出色，激盪出傳統與創新的火花。另外有些作品，選擇以經典為基礎，進行擴寫與再次詮釋，成功在文學遺產的養分中萌生新的花草與節奏，這是非常值得肯定的創作方向。

評分標準上，明偉老師同樣重視過程與結構的平衡。老師舉例，某些作品的第一人稱書寫，時常出現時序與觀點的混淆，需要多加留意。此外，會將作品置放於文學史的脈絡中審視，是否能夠有所突破，無疑成為關注的另一焦點。小說的技術積累與穩定續航是一條漫長的路，創作者若能在同類型的作品中，提出個人的創見，邁開革新的腳步，將會是小說更加出色的點睛之筆。

陳栢青老師總評

栢青老師以精準而銳利的視角，回應本屆小說組作品的整體表現。近期大量審稿的他形容這一批投稿作品特別卓越，是他閱讀下來很過癮的小說。雖然作為評審仍需評比高下，但每篇作品的完成度都在水準之上，讓人難以輕易取捨。「投稿的作品越強，參加評審時我便要穿得越漂亮！這才對得起這批作品。」老師特別讚賞，每篇作品都像是訂製精品一般細膩而傑出，以成熟的技術比武競技，令人驚豔於眾寫作者的才華。

對於題材，栢青老師說明，外部世界的壓力與情感經驗如何轉化為小說語言，是這屆諸多投稿作品處理得相當成熟的地方。無論是校園暴力、同志情感，或是身分邊界的摸索，這些主題都以作者們強大的毅力和取材，進行提煉與鋪陳，展現出創作者對當代議題的敏銳感受。而有意思的是，議題如何不淪為只是議題，該怎麼和小說中被啟用的素材，以及書寫者的視點結合，既要「掌握對世界流向的關注」，但又「灌注自己的意志」，才能使議題不致只是議題，使小說不致流於說教或是跟風。

因此，栢青老師在評選中特別關注支撐起創作的「核心概念」——作品是否帶著清晰的創作意圖，「與時人不同」。老師認為，比起技巧與風格，這些事情都能在未來增強，補齊，真正讓人留下印象的，是創作者怎麼思索和凝視世界，由此誕生出不同於其他人，甚至，獨屬於此刻，「未來你也不可能再重來」的眼光。老師特別珍惜這樣的思維和切入角度，這正是文學獎想要選出的，「你和世界都不一樣」，小說表現的正是這種異議的意義。

他也提醒創作者，小說最動人的部分往往來自創作能量的貫穿——當你熱愛故事本身、擁抱執念，就走在成為燦亮恆星的發光路上。他鼓勵創作者們，技術、聲腔儘管重要，卻遠不及「意志」的獨特與可貴；熱愛自己的作品，是栢青老師給予本屆入圍者最真心的肯定與祝福。

首獎／林子晴
代言人

個人簡介

二〇〇五年生，日文名字叫こはる，目前是臺大日文系大一。從同人小說寫到文學獎，興趣是進廚房還有打電動，如果要找我可以去臉書找名字就好，但是要小心，子晴很多，有名了就不會被搞混了嗎。

得獎感言

我有好多幸運。感謝女朋友公主殿下一直相信我會得獎即便我自己都不敢相信；感謝臺大小說社以及IC的同伴們，被迫看了好多我不堪入目的作品，給了我前進的方向；感謝與點堂還有開小說創作課的朱宥勳老師，我獲益良多，還收穫了一群珍貴的寫作夥伴；最後感謝我的家人，他們雖然不怎麼關心我在幹嘛，還是沒逼我讀理組或法律。

代言人

左在高二那年，剛拿下菁英盃冠軍的時候，清晰的聽見了齒輪轉動的聲音。

為期十天的賽程，天天熬夜到凌晨四點，睡兩三個小時又起床討論，全程參與賽事加上頒獎典禮，他甚至隱隱羨慕起那些可以提早離開賽場的隊伍，比賽似是一回十天的地獄體驗。

腦汁被絞乾，全部從口吐出成話語，最終積成一座獎盃，回家路上他只覺得，幾天內不想再說一句話，徑直躺上好久不見的床鋪，闔眼一片黑暗中馬上入睡。

隔天下午，陽光盈滿左的房間，他睜開眼，花幾分鐘意識到這裡不是旅館，是他的房間自己的床上，再花幾分鐘意識到菁英盃已經結束了，那個他們兩個月來全力奔向的終點，此刻已經在左的身後。

他揉揉眼睛，從褲子口袋抽出昨晚忘記充電的手機，接上床頭櫃的充電線。螢幕的光線刺眼，可是他還是打開臉書，點入大會的粉絲專頁，最新的貼文上列出名次，一中在最上面。他看著照片裡自己尷尬的笑容，跟閃耀著光澤的獎盃很不相襯。底下留言有幾句恭喜，草草回覆完提及自己的部分，左按下關機鍵，漆黑螢幕反映著，他五天來沒好好洗臉的油膩樣貌。他把手機扔向床鋪，腦中浮游著接下來的日程，後天開學，八週後段考，六週後是南京盃。

叮。老巫婆傳訊息來。

「你們什麼時候開始準備」

左認命的撿回手機，打字回應。

「大概開學那天」

他想了想，又輸入：

「學長會過來嗎？」

脫力的把手機放下，長長的吐了一口氣，好像剛贏下高中最大辯論比賽冠軍的歡快的氣息，都已經從身體內被排出了。他掙扎著從床上爬起來，更衣洗漱，幾天後他也是，抓了桌上的麵包，背上包包就出門上學了。

一如既往地在上課時間望向窗外，或是查找著比賽要用的資料。很快開學日的瑣事都結束，陽光斜照的同時左踏入社辦，簡單收拾桌椅後把白板上的菁英盃討記擦掉，重新在右邊寫上南京盃的題目全稱。「我，國，應，調，漲，工，業，用，電，價，格」白板筆劃過，略微刺耳的聲音在狹小的社辦中迴響，那座跟左小腿差不多高的獎盃已經被收進櫃子中，融入裡面八成滿的其他獎盃之中，已然毫不起眼。

「喔？這次是政策題喔。」

程皓開門，看左題目寫到一半，把書包扔到角落的沙發上，靠邊坐下，滑著手機等左把題目寫完。

「嗯，你有先看什麼資料嗎？」

「只感覺題目很爛。」

兩個人相視而笑。

「工業電價根本就……」

左站在白板旁，靜靜的聽程皓抱怨在政策題裡放不存在的政策有多白癡，再隨口安撫幾句，交換看過的資料、預想的論點架構，「巫婆說他會來帶比賽。」「又他？一中學長是沒人了喔。」口乾舌燥之際天色也暗下，兩人跑去學校對面的麵店隨便打發了晚餐，就各自回家。在公車上擁擠著的左，仍然沒找到方法抑制持續不斷的耳鳴，從幾天前就斷斷續續的，聲似齒輪轉動的耳鳴。

那幾個月很快就過去了，重複著陽光斜照的社辦日子，白天姑且待在教室，放學散步到社辦，無所事事的等人到齊，或討論，或集合去練習賽場。偶爾事情提早結束，一切順利，經常是他跟程皓留在社辦，那種時刻，左都會不自覺的回味起，他第一次接觸辯論的時光。

他第一次打比賽就跟程皓同隊，拿了冠軍。一個地區的聯合新生盃，與程皓一同摘下最佳辯士。他站在臺上，背後的黑板被畫上繽紛的模樣，司儀喊出他的名字，學長姐和同屆歡聲雷動，抓著他的肩膀搖晃時，他不經意瞥見教室角落的，季軍隊伍中打的最好的選手，一個短髮齊肩的女生，近乎微不可查垂眸，漠然地低下頭。那一刻，即便教室內喧囂不斷，他的腦中仍清晰浮現了程皓在第一次討論時說過的話：「啊辯論聽起來很好玩，所以我就來了。」

他那時才知道好玩在哪。

誰知道呢？齒輪聲很快就到來，且越來越大了。

他都以為是比賽的高壓，對一個青少年來說，一天睡眠不滿六個小時，長期日夜顛倒的作息，早就足以導致些什麼壓力症狀，出現幻聽大概也不奇怪。可是去醫院檢查過，吞幾顆藥都無果，反正那細小、緻密的聲響不大，大致是短促的「滴、滴、滴」，聽起來有股人類對精密機械崇敬的愉悅感，大概是從他尚未出生，那種細微的聲響就伴他成長的緣故。所以，他也不去深究，忍耐著繼續參與比賽的進程。

某個南京盃準備期間的下午，社辦的電風扇嗡嗡響，蚊子環繞，他與程皓各據沙發一角。他滑著辯論比賽資訊交流的社群，看到惠風盃即將開始報名的貼文。

「欸。」

「蛤。」

「惠風盃，打嗎？」

「喔。打啊。六月底那場？」

「嗯。」

兩人沉默了一陣。

「這次我們自己打？」

「……蛤？」

「你自己看簡章。」

「喔……新比賽，怕招不滿才開跨校組隊的吧。」

「不想？」

「沒不想，」程皓頓了幾秒。「你不覺得麻煩？」

左別開視線，去看桌上的資料，思考著麻煩是什麼意思，發現腦中的齒輪聲減弱了幾分。興許我真的找到方法了。左想。

「比賽要贏才會好玩喔。」程皓笑著說。

「好啦好啦。」

「反正是個小比賽，他們應該不會說什麼。」

他們繼續推工業電價相關的攻防，又幾場練習賽跟賽前夜後，南京盃一中拿了亞軍。一邊聽程皓罵冠亞賽的裁判都沒有好好聽他們的論點，左一邊抱著獎盃走出活動中心，前後三三兩兩的跟著只有準備比賽時會見面的學長，還有老巫婆。聽程皓說巫婆高三時打性別題，結辯把女性主義說的慷慨激昂，還因此拿了兩張單，就被其他學長笑稱巫婆，他也是幾乎有比賽就會出現的學長。

左還沒想清楚女性主義跟巫婆的連結，耳內卻還是被金屬互相摩擦的聲音充滿，盯著獎盃反射夕陽光，聲響好似又高了些，更刺耳。

「所以呢？」

「……蛤？」

「你都沒在聽喔。」

「嗯，對。」

「幹。惠風盃啦。」

「惠風盃怎樣？」

「什麼時候要開始討？段考完？」

左單手抽出手機，要看行事曆時，老巫婆湊了過來。

「你們有報惠風盃喔？」

「他問我要不要打的。」

那股聲音尖銳的讓左想要抱頭蹲下，獎盃怎樣都無所謂了，但他只是顫著聲說：

「這次我們要自己打。」

「蛤啊，不想讓學長跟了喔。」

巫婆狀似親暱的作勢要從背後環抱住左，得逞前就被程皓一把推開了。

「他說你跟就不打了，走開啦。」

「對學長這麼兇喔——」

「……我才沒那樣講。」

一群人嬉鬧著往車站走，抵達北部已經是半夜，公車稀疏到一小時一班。他們遂直接走半個小時的路，翻牆進學校，待在社辦睡覺。已經在車上睡過的左看著窗外沒有星星的夜空，卻也沒有力氣可以保持清醒，半夢半醒的跟程皓窩在同一座沙發。已經傳出異味的沙發搔癢著左的嗅覺，不過更惱人的是左此時難以分辨，那陣聲音是耳鳴，還是蚊子跑來取食。

隔天中午各自解散，左看程皓揉眼打哈欠，問要不要一起去吃飯，兩人走出社辦跟同學打過招呼，才想起來今天是禮拜一。

每一個禮拜一其實都差不多，左提前收拾好書包，快步往校舍南方的社辦走的時候，他都感覺耳畔的時鐘被調慢了，甚至幾刻會停止運作。他腦中浮現母親拆解那些金光閃閃的手錶時，專注而虔誠的模樣，一縷髮絲從肩頭垂落，他卻有些不寒而慄。

工業電價的題目被擦掉了，左仔細的重新寫上惠風盃提前好多公布的辯題跟循環圖，建好以前都嫌麻煩拖到最後一刻才處理的群組、雲端資料夾。他甚至沒去關窗，抵擋籃球場上喧鬧著罵髒話的聲音。

他跟程皓拉了一個高一學弟，開放那天就匯款報名了。現在三人各據社辦一角，左叫程皓不要再抱怨性別題多不持平，好好討論。

「怎麼大家都喜歡投這種題目啊，爛死了。」

「哪種？性別題還是社群媒體？」

「都是啊。反正討論到最後就是損益比的那套話而已。」

左看學弟楞著沒反應，還是從頭解釋了一次損益比的概念。

「社群媒體跟性別題都很容易討論成，各自有利有弊，正方就說應該勇敢接納好處，反方就說雙面刃傷害更大這樣。」

「喔。」

大致看了幾篇資料，學弟說他查到社群媒體收益的性別比例，女性更多，問是不是可以拿來論證能增加收入。程皓狀似思考了幾秒，又露出狡黠的笑，說搞不好可以。語畢，左的手機傳來通知聲。

「誰啊。」

「巫婆，他問我們準備的怎麼樣。」

「嗯。」

「我跟他說會贏吧，大概。」

「拜託，會贏好嗎？彩華、雨山、永寧女中什麼的，你看，一路上都是我們贏過的人。」

他一時沒辦法反駁程皓的說法，卻也抑制不住某種懷疑或是詭異感上竄。低頭滑臉書看到黑特辯圈上又多了幾篇貼文，其中之一顯然是因為方才拿下的南京盃：

「聽說最近一中又拿了很多盃
不知道他們還是不是繼續用學長的稿
都有人灌給他們了
不贏才奇怪吧
果然有學長姊帶的孩子像個寶」

他迅速的把貼文滑掉。

「欸，你看到黑特那篇了嗎？」

「……哪篇？」

「又有學校在忌妒了啊。」程皓咧嘴笑著，瞇起的眼裡有輕蔑的氣味。「弱的人才會找這種藉口。」

「是嗎。」

「對啊。」

「聽說有的學校沒有華藝。」

「又沒人擋他們考進來。」

他懷疑這不是真的，畢竟好歹也打辯論快兩年，社會學那套結構跟能動都學過了，卻沒有出聲回應。程皓理直氣壯的樣子不僅在辯論場上，他是一個一貫的人，這樣的特質左總是景仰，總是希望能自信不懷疑的凜然發表意見。

於是他們三人繼續你一言我一語的堆砌論點的樣貌，在線上文件中簡單寫了一辯稿架構。左暗暗數著這是睽違多久，可以由選手自己架論點與討論的比賽，還沒得出具體的數字，程皓抬起頭來說：

「我寫完了！」

狹窄的空間內靜默傳播，左四處張望，一下看看手心，一下盯著程皓因為沒人理他而賭氣的臉，詫異的發覺腦中的清靜來得突然。

也許我已經逃出錶外了，打破那片玻璃之類的。

他還不會說話的時候，就看過母親卸下手錶的玻璃片，仔細取下所有零件的樣貌。頭蓋骨裡面被植入的指針、齒輪，也可以被取出了嗎？

但指針其實一直都會轉動。無盡的綿綿細雨中，他們三人躲在社辦中，最終決定無視巫婆的建議，維持原來論點的設計——正方主打經濟利益，反方主打數位性暴力。接下來是撰稿，左是第一次從零寫出一篇一辯稿，不過一週泡在社辦五天，也就夠把兩方的都寫完了。

那天正好放晴，溫暖的陽光蒸得人昏昏欲睡，左與程皓也一樣，窩在社辦的沙發上。

「喔。那我傳給巫婆他們看看喔。」

「……蛤？」

「叫他們修啊。」

「……不用吧。」

「蛤？你對你的稿那麼有信心喔。」

左低下頭，看著檔案裡密密麻麻的字，思考著有什麼可以不把稿子給學長修的好理由，卻也清楚自己沉默越久就越可疑。

「之後我會再改一些。改完再給他們看？」

「……好喔。」

程皓回去一邊聽歌一邊讀資料，也不跟左說話，左卻感覺那句回覆，有不悅的訕笑挾帶其中。

但，訕笑與抱怨其他事情，哪次不是程皓的常態，嘲笑對手嘲笑以前的辯士，左吐槽著，即便嘴上說厭煩，依舊切身的感到時間不夠用——尤其是要訂票訂旅館，不得不啟程的時候。

這次左和程皓都沒有帶制服，三人並排搭客運南下，聊著高二數學多複雜討厭、下季新番、暑盃要打還是要讀學測。程皓笑說要是打到八月，就確定轉生分科戰士了。沒意外的話，左暗忖，如果暑假要讀書，那這次大概是最後一次高中比賽了。開著幾個無關緊要的玩笑，一下抵達比賽場地附近的車站。

「啊我們住哪裡。」

「應該是前面那棟。」左開手機確認。

一棟大樓的五樓，外表斑駁內部也好不到哪裡去。鋪紅色絨毛地毯的走廊隱隱飄散霉味，房間狹窄陰暗沒有窗戶，冷氣還會漏水。

「幹，有夠陰森。」程皓抓著房卡，皺眉環顧房間。

「啊就比較便宜啊。」

「上次來也沒住那麼爛。」

左把書包扔到床上，程皓已經呈「大」字形趴下了。

「在幹嘛。」

「很舒服欸！」

學弟漠然繞過兩人到自己的床位旁收拾東西。

後來三人到樓下，簡單用一碗意麵打發晚餐，又回到窄小的旅館房間，各自抽出筆電。

「幹，這破地方連 Wi-Fi 都沒有喔！」

「吵死了。下次你自己訂啊。」

他們主要著重修補反方的資料，因為四強分流跟冠亞都是持反。當程皓與學弟爭論著，對於正方的利益，後期到底要不要以承認為前提進行攻防跟損益，而左一個人整理資料時，左的手機響了。

「喂？」

「這邊是惠風盃大會，請問是一中嗎？」

「……嗯。」

「這邊跟你們宣裁喔。你們明天兩場的裁判分別是……如果有出循環的話，八進四會是陳玉祈、林永靖跟吳宣如。」

「好。」

「如果有避裁需求請今天晚上十一點前提出。祝你們比賽順利。」

電話掛斷。

「……第一次接宣裁電話喔。」

「對啦。」

「緊張到手都在抖了，好好笑。」

他們重新撥放了幾次電話錄音，記下確切的名字。左去查了三位裁判的學經歷，程皓與學弟確認過沒事，就各自先處理其他雜事，左卻繼續滑著第三位學姊，吳宣如的社群媒體帳號。她不常發文，幾分鐘就可以滑到高中時期的貼文。高一與高二的間隙，身著淡紫色制服，面貌稚氣的學姊和一群同樣打扮的高中女生，擠在相片中。貼文寫著捨不得、不想分離之類，一長串的讀到一半，程皓就拉左去修稿了，他自己要與學弟對首答的內容。

確認正反方各自的首答首質、最後預計收比賽的方向，整理資料畫重點，查還有缺的資料、修稿……即便都知道是例行事項，也知道每每都會搞到凌晨才能入眠，左好不容易把反方的資料跟稿子整合好，望向已經攤在床上昏睡的兩人，還是感到某種僵硬的疲憊。

鬧鐘響起，左抱著筆電醒來時，先花了幾分鐘確認，指針沒有在動，齒輪沒有在轉。按掉鬧鐘，去洗漱，才回到房間叫醒被鬧鐘吵到轉頭回去繼續睡的兩人。

「再一下下……」

「比賽要遲到了。」

三人終歸還是準時出門。當天飄著細雨，住的離賽場近才沒淋多少雨。左每次在位子上坐定，都會雙手合十，對虎口吐一口熱氣。程皓常笑他迷信，可是不這麼做，似乎就失了某種依歸。循環內的兩場，分別對上彩華跟雨山高中，一正一反。雖然持正的時候，裁判對論點多有批評，不過最後還是都判給了一中，共計六張單，給了他們能繼續比賽的資格。

連討論上一場的片刻都沒有，就要移動到另一間教室打八進四。左抱著資料走進位在三樓的會場，永寧女中的人已經在裡面等他們了，可是左遲疑地放慢腳步，頻頻瞄向教室另一頭，穿著紫色襯衫的對手。程皓繞過還楞著的左，在黑板上照順序寫下學弟、自己還有左的全名，拉左到臺前的課桌椅坐下。

當三位裁判坐定，左還記得，正中央的學姊，個人資料寫的都不是永寧女中畢業，也從未提及這所學校。他沒有和任何人說這個發現，輕巧的收入腦中那個空無一物的錶殼。

這一次要澈底的丟掉。

左的指尖少見的開始顫抖，他仍忍著進行那些例行事務，聽主計宣讀冗長的前置介紹，一邊整理手上的資料遞給學弟。他輕輕地闔上眼，感覺腦袋比以前任何一刻都還要清晰，得以具體的描摹，他踏過薰衣草色的制服，往頒獎臺走去的樣貌。

「請正方一辯上臺申論。」

前階段算不上順利，學弟的首答沒有澄清好工作與女性權益的關聯，對手就下了小結。首質忘了先框定，被來回跳動了好幾次說法浪費太多時間，以致核心的攻防只出了一半。不過，左想著，等到程皓上場的話，這樣的局面也可以被反轉的吧？一面又忍不住感到不甘。

「請正方二辯上臺申論。」

「關於對方所提出的，那些性暴力的問題……。」

果然，程皓花了一半的申論時間處理對方殘缺不齊的實證，稿子內部有太多臆測性的詞彙，資料也不夠強，光是刁難實證就足以讓對方看起來什麼也沒證成，自然輸比賽。

「跟對方連實證都拿不出來的論點相比，我方所闡述的，社群媒體帶給女性的，從來都是蒙受經濟不利益的性別，有經濟獨立的可能……。」

銜接前面的攻防，回防就顯得理所當然。緊握著那篇，說女性比起男性，在社群媒體上的平均收入更高的統計資料，這是無懈可擊的，左暗自祈禱，對方只會攻防事實層面，沒有心力顧及評價與解釋。只要讓對方也跟自己陷入一樣的，「到底社群媒體讓女性還是男性賺更多錢」的討論目的，那握有這篇統計的我們，就不可能會輸。

「請反方三辯上臺質詢。」

「……對方辯友您好。」

「午安啊。」

猜中了。

反三頓了幾秒，才開始問資料。那疊幾十張紙的論文從頭翻閱過一遍，程皓也跟著講解，還沒得出什麼小結。看著這荒唐的畫面，有一股接近是快感的刺激上竄，左的呼吸急促，心悸鼓動到難以專心思考損益比的內容，具體該說什麼樣的句子才好。在對手說不出話的時刻，程皓轉守為攻，抓住前面反三丟出的辯解，轉而提問，一步步向對方逼進，惡犬般緊咬不放。「您方有證明嗎？您方有證明這些社群具體造成了什麼傷害嗎？霸社telegram那些，您方有證嗎？沒有證就想要我們比較……。」

盯著對方支支吾吾——一個看起來第一年打辯論的女生，齊肩短髮——緊抓著影印紙微微聳起肩的樣貌，左感覺大腦大概是泡在腎上腺素裡了，下意識嚥了一口口水，這樣才是辯論好玩的時刻。

「請雙方辯士停止發言。」

程皓下臺時近乎是癱坐在座位上，互看一眼，兩人都笑了。

計畫都被好好執行，這次終於是自己可以掌控的比賽了。又幾輪攻防申論，戰場沒有太大的進展。於是左忍著聲音不要發顫的作完損益跟結辯，其實前面攻防的結論都很明確的向正方傾倒，要做損益易如反掌。下臺後長舒一口氣，放鬆下來倦怠感才出現。

「欣賞完精彩的結辯，讓我們來欣賞更精采的裁判講評。首先有請……吳宣如學姊。」

「我的論點分判給反方。」她把筆記紙放到講臺上，嘆了一口氣，就落下這句話。

「首先，關於論點的設計。即便能說明女性真的在社群媒體上獲得較多經濟上的利益，仍然沒辦法說明有助於性別平等。像是性工作等職業，的確女性較能獲利，但你要說這有助於性別平等……。」

空白，左沒有轉過頭去看著正在講評的學姊。

可是這個攻防對方沒有打啊！

「我沒有辦法接受……如此輕率的就把女性的困境講的一點都不重要。的確今天反方的實證資料不足，可是……。」

可是——手錶、指針、齒輪。如此精密的咬合，細小到難以用肉眼分辨形狀的零件，被精心的調整，腦中的聲響又回來了。母親曾跟他說的，那些被拆解的齒輪總會被以更精巧的方式安裝回去，以確保手錶的正常運作。也許零件可以被替換，被打磨被修正，終歸都是要重新放在手錶當中，才有意義。

「除了毫無性別意識的那些問題，中間那輪的反質詢，更是讓我沒辦法接受……所以在階段性分數上扣了。這種利用自己的強勢來壓過對方的辯論，只是在發洩辯手個人的控制慾，對於討論根本沒有意義。」

意義是什麼？他查過了，第一位上臺的裁判是永女畢業的，賽前夜宣裁的時候。可是他說的是錯的嗎？

耳鳴太過強烈，他難以判斷其後裁判的判決結果。但從程皓的表情可以看出，第二位也沒有判給一中。虛無的起立，與永女的三辯握手，她們臉上是掩不住的笑意。教室裡其他人很快散去，就連學弟也說去廁所，久久沒有回來。

「白癡。」程皓用力踢了一下椅子，翻白眼的樣子反而使左重新找回視線焦距，腦中暫時清明。

「什麼意思。」左似是自言自語的說。

「會這樣判欸。」

「所以呢？」

「欸。」

「會因為這種爛理由判輸的人根本就不配當裁判。」

程皓粗魯的收拾著資料跟文具，出教室前瞪了還沒回過神來的左一眼。

「搞不好叫巫婆回來就可以贏了。」

是嗎？

即便知道最後一位裁判因為階段性分數而判給一中，左仍然只能失神的盯著窗外看。此刻耳朵裡面有揮之不去的齒輪轉動聲，太過清晰，甚至還能聽見一些復古設計的手錶，整點敲擊金屬片的清脆報時音。

「機械錶啊，以前的款式要手動上發條，也容易出誤差。」母親輕柔的撫去玻璃上的灰塵。「現在有自動的了，可是不準的時候一樣要校正。」

左感覺自己從未打破玻璃，永遠站在弧形透明一面牆的內側，被看著。若是失去動力、時不準了，總會有人給它上發條、校正。從小母親桌上都是一條條名貴的腕錶，放大鏡、超音波洗滌器、細如髮絲的鑷子，無一不昭示著躺在絨布中的那些錶，被投注了多少心力、多少時間。即便以罷工抗議，甚至損壞了，都只會被修好，重新放入那光鮮亮麗的手錶當中。

「永遠跑不出去。」他盯著透明到好似不存在的窗面，囁嚅道。

評審獎／家柴萬罐
一瞬間的永遠

個人簡介

二〇〇三年十月生，本名李建智。師大國文系雙主修社會教育系大三，很疑惑自己為什麼大三了，很想說自己是小大一。

紅樓新詩獎、生命書寫文學獎大專組首獎。作品曾見於自由副刊、聯合副刊、中華副刊。

啊對了，二〇二二曾獲林榮三文學獎小品文獎。三年了，希望明年不會是第四年。

得獎感言

我的小說都是散文演化而成的。

非常感謝三位評審老師的喜歡。這是很大的鼓勵。

原本我腦內的幻想是，拿到首獎，前進印刻超新星。沒想到最終結果竟然和我幻想的那麼近。很開心。

但還是好想參加印刻超新星喔嗚嗚。

一瞬間的永遠

從預備區緩步走向接力區。周圍喊叫聲依然源源不絕，但此時，我卻能從中聽出確切的語句。

「衝啊，衝啊！」

「加油啊，最後一棒，加油！」

「超過去，幹，洪智鈞，給他超過去！」

就快了。右膝彎曲九十度，左腳左手向後伸直，擺出準備衝刺的姿勢。回頭，李伯毅伸出握著接力棒的手，飛速朝我衝來。

啪一聲，棒子打到我左手，我立刻握住，像之前無數次練習那樣，用盡全力狂奔。很快就拉近和前面對手的距離。越來越近，越來越近，越來，越近……

要追上了。

「加油啊洪智鈞，大家都相信你！」耳邊傳來李伯毅的吼聲；還有黃健翔：「幹，洪智鈞，你一定可以的！」

對，沒錯，我一定可以的。

只要超過去，抵達終點，我們班，就是第一名了。

可突然，我內心泛起一股難以理解的渴望——我希望前面同學跑得慢一些；身後同學們也跑得慢一些，這樣，我才能跟著跑得慢一些，進而讓時間過得慢一些。

我希望自己的快樂可以離開得慢一些。

從九月六號開始，到今天，十月二十六號，這將近兩個月的日子，我過得非常快樂。快樂到，甚至可以說，跑步，跑大隊接力，就是我目前生命當中，最最開心的事。

但是，也快結束了。

●

去年運動會，我們班大隊接力是全年級最後一名。

歸根究柢，是十二十三棒左右時接棒沒溝通好，發生掉棒慘況。棒子滾啊滾啊滾，滾很快，一路滾出操場，好幾次林彥全在奔跑中蹲下身，伸手要去抓，棒子又鏗鏗地滾走了。

「他馬的，林彥全你白癡嗎？」李伯毅臉色猙獰，「我手都伸那麼長了你還可以沒接到！」

「沒有……不是我……」林彥全終於抓到棒子，回過頭，從籃球場跑來，「明明是──」

「幹還不快點，掉棒還慢慢跑，沒被扁過是不是！」黃健翔吼。好多人也跟著罵。林彥全加速跑了起來，但來不及了，距離倒數第二名的班級已經將近半圈。

最後一棒，黃健翔是一個人跑的，其他班老早就抵達終點。跑過終點線後，黃健翔沒有停下來，他加速跑到林彥全面前，「都你啦！幹，跑得慢就算了，還給我掉棒，」黃健翔狠狠丟出手中的接力棒，「真的是廢物一個！」

「對不起……對不起……」林彥全往後跳一大步，彎腰，雙手伸到膝蓋前，試圖接住朝自己飛來的棒子。

徒勞無功。接力棒直直砸中林彥全的右膝，他面色痛苦地跪了下來。

從剛剛掉棒到現在，我全都看在眼裡。雖然沒有看清楚李伯毅和林彥全接棒的細節，但我想，一定是林彥全的錯，不管怎樣，都只能是林彥全的錯。

把林彥全換成我，也只會是我的錯。但還好，不是我接李伯毅的棒，我又鬆了口氣。我一直幸災樂禍著，因為終於有機會解脫了，接下來，應該就換林彥全了。不過表面上，還是要跟著大家一起擺臭臉。

「己所不欲，勿施於人」腦中響起班導常在課堂講的話。我懂林彥全現在的感受。所以，只能拚命跟自己說，如果，如果，這真的是林彥全的錯呢？搞不好真的是他沒接好掉棒啊！我在腦中不斷想像，自己超級在乎這場比賽的輸贏，很在乎班級榮譽。林彥全的致命失誤不僅斷送了我們獲得榮譽的機會，還讓我們墊底，這是巨大的恥辱！

對，這一切都是因為班級榮譽，不是針對林彥全。沒錯，因為我們都很重視班級榮譽，沒有針對個人。針對什麼的全是無稽之談，換成誰掉棒都會被罵到狗血淋頭的。內心忽然冒出其他情緒正試著蠶食逐漸壯大的罪惡感。

漸漸地，開始感到憤怒。我對自己的憤怒感到欣喜，好像自己真的開始發自內心討厭起了林彥全。我在一張張皺眉歪嘴的臉當中皺起眉頭，翻白眼；在吵雜的謾罵聲中，「幹，廢物。」我說。身旁其他同學猙獰的臉以及連珠炮的髒話對我而言是保護、是防護屏障，「反正又不是只有我這樣。」盡可能把罪惡感封印在內心深處一個小角落裡，希望它們永遠無法出來作亂，天下從此太平。

所以，我甚至希望大家再罵得大聲一點。

「真的是廢物。」我又罵了一句，熟練地搭配猙獰的臉。封印行動應該成功了。和大家一起討厭一個人，成為絕大多數的那方，似乎能讓我感覺到自己強大，不再弱小。

後來也真如我所料，換林彥全了。我過了兩個多禮拜的快樂日子，但與此同時，擔心害怕也一直緊緊跟著。因為期中考一天比一天接近。期中考，黃健翔李伯毅，還有其他人，還是需要林彥全的。

所以我下定決心，之後要開始認真讀書，以獲取好成績。這樣有很多好處，很多很多。

比方說不再擔心。

比方說不再害怕。

可以一直快樂。

然而，幾次段考下來，只考了一次前十名，和每次都第一名的林彥全，還差了十萬八千里。

我失敗了。所以後來換我後，就一直是我，一直都沒有換回林彥全。

到了今年，抱著一定要雪恥的心，我們從九月初開學開始，就一直不停在練習。體育課、下課練是基本，甚至到後來，班導也甘願偶爾讓出她的數學課，讓我們和別班比友誼賽。

「好好練啊，獎勵和去年一樣，只要前三名，我就請大家吃很多好吃的。」班導甩了甩手上的講義，「不要再有人掉棒拖累全班了啊，這樣就又什麼都沒得吃了喔。」

有了團結一致的目標，彼此感情自然會漸漸凝聚。我的快樂，就是從這時開始的。

確切來說，是九月六號。

九月六號，下午第二節，和隔壁班友誼賽進行到最後階段，兩班仍然勢均力敵，一紅一綠號碼衣幾乎重疊。兩班加油聲此起彼落。最後一棒，輪到我上場，我擺出準備衝刺的姿勢。心臟咚咚咚地越跳越快。接過棒子，我馬上全力狂奔，期待能一舉取得領先。

然而一段距離後，斜眼一瞥，仍然看得到隔壁班最後一棒的綠色號碼衣。

「洪智鈞加油啊！加油！」

「超過去！洪智鈞超過去！」

加油聲從四面八方傳進我耳中——有我名字在裡頭的加油聲。聲音愈來愈大、愈來愈大。受寵若驚的同時，我彷彿獲得一股不屬於我的強大力量。

「洪智鈞加油啊！你可以的！」

「你絕對可以的！」

幾秒後，我率先衝過終點線。

確定贏下比賽剎那，黃健翔、李伯毅，以及好多我們班的人都朝我這裡衝來。數個紅色號碼衣圍著我又叫又跳，我愣了一下，再一下，然後也跟著他們一起，又叫又跳。

不過，狂喜退去之後，擔心害怕的情緒，便開始浮上心頭。

因為距離運動會結束，只剩下不到兩個月了。

●

補習班英文課下課休息時間，Wendy走到我位子旁邊，「欸，你們今年大隊接力不會又要最後一名了吧？」

「最好是啦，我們今年很強。」我說：「而且去年會輸也不是我們的問題。」

「啊不然勒？」

「妳沒看到嗎？」我瞪大眼睛，「我們班有人掉棒啊，害我們直接落後半圈，有夠白癡，後來他直接被大家排擠。」

Wendy張口準備要說話的時候，「這次我們沒有讓他跑了。」我補充。

「好啦，你們這屆不要丟我們五班的臉欸。」她說：「想當初我們五班都是第一名。」

「就跟妳說我們今年很強了吼，一定會第一名，要不要信？」

「真的喔？」Wendy歪著頭：「不然我們來打賭，如果你們真的第一名，我就請你飲料，啊如果沒有，你就要請我飲料。」

「好啊，誰怕誰。」我說：「我要喝可樂！」

她笑出來，「那我要喝麥香奶茶！」

「妳喝不到啦！」我說。我沒有說的是，我的棒次，是關乎全班勝負的最後一棒；以及前幾天和隔壁班的友誼賽，我在最後關頭拉開距離，為我們班守住勝利。

我對著Wendy吐舌頭，伸出左手食指拉下左眼眼皮。Wendy回給我一根中指。

有很多話，我都沒有和她說。總會想起去年運動會前某節下課，吵鬧的笑聲中，李伯毅說我剛剛上課一直在挖鼻屎，還把鼻屎吃下去，超噁心。幹真的喔，也太噁了吧。黃健翔跟著起鬨。笑聲越來越大，笑的人越來越多，一次次「鼻屎哥」、「鼻屎好吃嗎？」「欸幹不要靠近洪智鈞座位，一定都是鼻屎。」從笑聲中竄出，像一把把利劍，直直刺進我耳朵，血流如注。

所以這是我第一次，在短時間內，和Wendy說那麼多話。

如果是以前，我一定連話都還沒說，就馬上逃離——也許那天早上，我在學校，老師宣布換座位時，沒有人想和我坐在一起；也許，那天中午，全班排隊盛飯時，排在我前後的同學不停禮讓其他同學，要他們排我旁邊，然後彼此互相推託著。

「欸我不餓，你排這吧，我的位子讓給你。」「我也不餓啊，我今天早餐吃太多了。」

「你太瘦了，要多吃點，還是先請吧。」

但是，Wendy不一樣。她和每位同學都相處得很好，ＩＧ常常發限時動態和貼文，每張照片都是自己和一群同學的合照，背景有學校、遊樂園、便利商店。共通點是，笑得好開心好開心。

Wendy讓我想起黃健翔李伯毅他們，我有預感，如果他們認識的話，一定會成為很好的朋友的。

所以，我一直覺得自己距離Wendy好遠好遠，遠到沒有資格，和她多說幾句。

但現在不一樣了。

●

「欸有個老師之前班上的學姊一直看衰我們，說我們一定會跑輸別班，所以啊我就和她打賭，如果我們跑第一名，她就要請我飲料。」

「真的嗎？好好喔，那你要喝什麼？」

「可樂或雪碧吧。」

「我也想要！反正我們一定會第一名的啦。」

「對啊，到時候分你喝一點。」

這串對話換了好幾個對象，重複了好幾次。這串對話，我想一直重複下去。

之後，我又在好幾場友誼賽最後一棒，為我們班守下勝利，不論是穩穩地跑，沒被後面對手追過；或是奮力向前，最後超過本來在前面的對手。

全班歡呼聲一次又一次圍繞著我，彷彿我就是這個班級、這個學校，甚至，這個世界的中心。

「欸洪智鈞，陪我去廁所。」一天之內，黃健翔找我去了三次廁所。「幹還好老師一開始有把你放到最後一棒試試看，」黃健翔說：「效果超好，去年應該也讓你跑最後一棒才對。」

「對啊，而且──」

「去年也不應該讓林彥全跑的，幹他真的有夠低能，又醜又胖，完全不知道這個人的優點是什麼。」黃健翔說：「害我去年跑最後一棒有夠丟臉。」

我低頭，看著自己的布鞋和地板。

「而且你有看到嗎？」我說。

「什麼？」

「他最近下課常常會偷偷去練跑。」

「真的喔？」

我點頭，「我之前去辦公室找老師路過看到的。」

「幹我快笑死，他這種身材怎麼練都還是一樣慢啦。」

「我也這麼覺得，」我笑了出來：「而且他在練的時候還會擺出各種他自以為很酷的姿勢，好像覺得自己很厲害。」

「哈哈幹，什麼姿勢啊？」

「就邊跑邊甩他的頭髮啊，像這樣，」我把頭往右邊甩，一次，兩次。透過林彥全，現在我和黃健翔，感情變好了嗎？是朋友了嗎？瀏海往旁邊飄移，三次，「他一定覺得自己這樣很帥。」我說。有一瞬間，我真的覺得自己超級帥。

「幹醜死了好嗎，真的有夠自以為。」

我得特別跟自己說，黃健翔是在說林彥全。

就在這時我們進了廁所。面前是小便斗和一張圖文，一個小男生面向太陽大笑，旁邊是一段文字：多說好話，你也能像太陽一樣溫暖。

我低頭，看向滿是髒垢的小便斗。

「欸幹這樣一直說林彥全壞話我會有罪惡感啦，」上完廁所後，黃健翔在洗手檯前說：

「我等下還要叫他幫我寫英文作業欸。」

「不然，」我關掉水龍頭，看著自己左手大拇指和食指互相摩擦，「我幫你寫啊。」

「真的喔，你英文有很好嗎？」

「我在補習班，有補英文。」

「真的喔。」

「對啊。」

「好啊謝啦，」黃健翔拍拍我的肩膀，「你人好好。」

我抬頭，對黃健翔報以微笑，對於搶了林彥全的工作感到興奮。之後，黃健翔和李伯毅（有時候會有其他人）的英文作業都是我寫的。我和黃健翔李伯毅好像，好像終於成了朋友。

於是，我越來越敢和Wendy說話。有次下課，我主動走到她位子旁，「欸我朋友也很想喝飲料，妳到時候要不要多買幾瓶啊？」以「我朋友」作為句子開頭，我故意的，我想隱瞞一些事實。對Wendy隱瞞，也試圖對自己隱瞞。

「我沒錢啦，叫他們自己買。」

「而且，你又知道你們會贏了？」她扮鬼臉，豎起小指頭，「你們去年是最後一名欸。」她豎起其他指頭，擺出討錢的手勢，「我、的、麥、香、奶、茶、勒？」

我聳肩，「反正到時候妳就知道了。」

只是，運動會越來越近了。

●

黃健翔大叫著，衝過來抱住了我。

其他人也衝過來，圍住我大叫著。我也因興奮而不停跳著、大叫著。

「幹洪智鈞你太屌啦！」

「哇啊啊啊，我們班第一名啊！」

「太誇張了啊，直接從最後一名變第一名！」

但跳著叫著，叫著跳著，總有要停的時候。到了該停下時，我們便停下；很有默契地，緩步走回休息區。

聽著四周的喘氣聲，我慢慢回想幾分鐘前的情況。

剛才，我在彎道盡頭超過二班最後一棒，成為操場的領頭羊。確定超車以後，無數帶有我名字的歡呼聲，像一陣極強的風，不停往我耳裡灌，比之前任何一次都來得大聲、瘋狂。

衝過終點線後，我興奮怒吼，黃健翔衝過來抱住了我，我也用力抱住了他。但幾秒後，當我們彼此放開後，我馬上想起一個多月前，那天是九月四號，我還沒有在任何一場友誼賽中超越對手。

那天早上，老師一進教室，就說大家上課太吵了，要重新換位子。

「大家看前面啊，我幫你們排好了。」老師說。

幾分鐘後，我坐在新位子上，旁邊位子沒有坐人。黃健翔揹著書包，指著我：「靠，我不要跟鼻屎哥坐啦！」隨後跑到李伯毅旁邊，「幹，李伯毅救我。」

「唉，滾啦。」李伯毅笑著把黃健翔往外推，「要友愛同學啊，怎麼可以這樣。」笑聲一下灌滿整間教室，哈哈哈、轟隆隆地，大家都在笑，包括林彥全，他笑得好開心，我看得很清楚。老師微弱的制止聲被無情淹沒，直到碰一聲巨響，然後第二聲巨響，老師用力拍著桌子：「還吵，上課了還吵，都給我安靜！」。

也許是想起了這件事，所以我放開了黃健翔。

不過也許是他先放開了我。

因為一切都結束了。

下禮拜開始，老師不會再讓出任何一節課給我們跑友誼賽，而我，也不會在操場上，再超越任何人。隱約間似乎看見林彥全坐在休息區最後面的座位上，我看不清他的臉，但我很肯定他在笑。

接下來，很可能就換我了。也許大隊接力第一名的喜悅還會存在一些時間。下禮拜，班導請大家吃東西時，說不定會特別叫我站起來，表揚我，全班為我鼓掌，劈哩啪啦劈哩啪啦劈哩啪啦，聲音響徹雲霄。冠軍錦旗掛在黑板上方，大家的目光不時就會聚集在那。

但這會持續多久呢？一天？兩天？三天？

有可能會持續一個禮拜嗎？

期中考只剩下不到三個禮拜了。腦中浮現寂靜的教室，唰唰唰的寫字聲，老師高跟鞋叩叩叩地離開教室。黃健翔李伯毅，還有一些人開始東張西望。不久後，目光落在林彥全身上。

「欸欸，這題答案是什麼？」

「欸啊林彥全，你會這題嗎？」

到了那時，黃健翔李伯毅還會叫我幫他們寫作業嗎？可能我就要重新回到「鼻屎哥」的身分了。也許不久後，「欸幹這樣一直說鼻屎哥壞話我會有罪惡感啦，」黃健翔說：「我還要叫他幫我寫英文作業欸。」林彥全笑著回：「沒差啊我幫你寫就好了。」

說不定我從現在開始加倍努力念書，能有意想不到的效果。像是考第一名，把林彥全拉下馬。這樣以後考試的時候，就是我來給大家答案了。

可能嗎？或許是可能的吧。雖然努力了一年還是和林彥全相差甚遠，但只要這三個禮拜再更努力，努力好幾倍，還是有機會的吧。想起之前幾次路過看到林彥全在偷偷練習跑步時，心臟總不爭氣地漏跳好幾拍；很害怕他練著練著收到奇效，速度突然變快，快到可以超過我。

林彥全看到我在認真看書的時候，也會害怕我的成績超過他嗎？

最近幾天，在巨大的快樂與巨大的憂慮中，常常想，之前我被大家唾棄嘲笑，一直被叫鼻屎哥的時候，林彥全是否也是笑聲的一部份？是嗎？沒什麼印象。一直想一直想，到後來變成「好像是吧」、「應該有吧」，又過了一段時間，「幹一定有啦，怎麼可能沒有？」變成這樣。

腦中封印即將解除，我越來越覺得自己是個罪人，在快要重回「鼻屎哥」的時候，必須要做些什麼來加強封印。只有這樣，我才有辦法相信自己是被動的那方，之前做的一切不過是以牙還牙。所有紛爭，都是林彥全先挑起的。

不過，偶爾也會想，當初應該要和林彥全成為朋友的。弱者和弱者在一起，依然脆弱，但總比孤零零一人好。

走回休息區，Wendy就站在我位子後面，她看著我，面帶笑容：「哇勒，原來你那麼強，我以前都不知道。」

「現在妳知道了吧，快給我飲料。」我把手伸到她面前。她笑得更燦爛了，「好啦好啦，等一下買來給你，啊你是要喝可樂嗎？」

我愣了一下，「我現在不想喝可樂了。」

「那不然勒？」

「我想一下。」

我手摸下巴，假裝認真在想。忽然腦中竄過之前那個念頭——如果Wendy和黃健翔李伯毅認識的話，他們一定會成為很好的朋友的。

其實一直以來，和Wendy開心聊天的人根本就不是我。我只是盡一切努力模仿黃健翔李伯毅的樣子——心底突然冒出一陣恐懼。如果Wendy不是學姊，而是同班同學，那這樣，換座位時，排隊時，她會，她會……

我不想再想下去了。

「喂大家，看我這邊，我要宣布事情。」班導忽然說。我鬆了口氣，轉身坐回位子，背對Wendy。我不敢回頭看，我希望她趕快離開。大隊接力已經結束了，我就快要變回原本的我了。

●

司令臺上主持人說幾句感人的話，大會結束，散場，回家。我沒有拿到Wendy的飲料。很傷心，下禮拜英文課她會再問我要喝什麼嗎？但那時我可能已經是原本的我了；好像還是開心多一點，因為，只要Wendy沒給我飲料，之後，無論我和她之間的距離有多遠，我永遠會覺得自己還有一句話可以說，「欸，妳還沒給我飲料！」永遠會覺得，只要說了，一瞬之間，我和她的關係，就能回到運動會前那段，我最快樂的時光。

同樣地，只要我沒拿到她的飲料，那這段打賭的故事，也許就可以永遠被拿來當作和同學對話的談資。我永遠都可以和他們提起：欸那個之前說如果我們跑第一名要請我飲料的學妹，到現在都還沒請欸。

「願賭服輸啦，叫她趕快把飲料交出來啊。」

「趕快叫她給你啦，我現在很想喝可樂！」

他們也許會這樣說。我真的好希望他們這樣說。

因此，那杯飲料，最好永遠不要交到我手裡，就像超過二班的同學後，我便在心裡偷偷許下一個願望——這段大約五十公尺的直線，可以永遠不要跑完。

佳作／林宇軒
搏命

個人簡介

一九九九年生，臺師大社會教育學系與國文學系畢業，現就讀於臺大臺文所、北藝大文學所。曾任臺師大噴泉詩社副社長。著有詩集《心術》、訪談集《詩藝的復興：千禧世代詩人對話》等。

得獎感言

很榮幸也很感謝紅樓文學獎，這是自己第一次以小說創作得到肯定。〈搏命〉發想自楊華的〈薄命〉，以不同於原著的女性視角扭轉了故事本來的悲劇結局。感謝張文薰老師的「歷史敘事研究與實踐專題」課程，期間和同學們歷經了來回討論，創作將集結出版為《她們將往何處去：日本時代女性的十字路與青春夢》（這邊出版，二〇二五）。

摶命——續寫楊華〈薄命〉

桌面立著一小方鏡子。鏡中的世界，是一層質地薄得透光卻彷若遙不可及的蚊帳，硬生生隔開了她和眠床；蚊帳裡是翠英躺在竹蓆上，熟睡的小小身軀這麼乖又這麼惹人憐愛，挺立的鼻子像極了自己——只希望她的命運不要像自己。要怎樣才能改變命運？嘆氣歸嘆氣，雙手還是要繼續縫縫補補。針線是時間的祕術，讓愛娥來回穿梭在多少夜裡，記憶的千絲萬縷就這樣帶她一遍一遍，從現在回到過去。

最早的記憶裡沒有母親。

母親在她出生後不久，又懷上了另一胎，在愛娥還不太會走路時就難產離世。儘管住在附近的姑姑一家偶爾會過來團聚，表哥也不時一起玩耍，但此後家裡的親人嚴格來說只剩下父親和年老的阿嬤。

家裡的經濟狀況時好時壞，一切取決於父親出門的頻率。父親不在家時，愛娥會在塗墼厝幫忙家務：舉凡洗晾衣服、餵養雞鴨、種植莊稼這些不用花費太多體力的工作，在她眼中都是簡單上手的小事；瞻前顧後地幫忙處理家務，生活就這樣持續了好幾年。直到有天，自稱是債主的人上門拜訪，她才知道父親每天出門不總是去工作賺錢，更多時候是去參加「花會」賭博猜動物，久而久之就欠下了許多錢——在每個賭局裡的三十八個花名當中，要猜到對應的動物實在太難。是什麼動物？猜呀是什麼動物？愛娥並不知道，只知道家裡每天餵養的雞鴨。賭債的事情被家裡知道後，父親為了躲避債主，教愛娥「有人找他就說不在家」；後來甚至把歪腦筋動到女兒頭上，半哄半騙地一下說「無聽父母話的是不孝囝」，一下又說「咱來去喔——」，假裝要帶她到村子外頭郊遊。就在這樣的花言巧語下，當時還不到十歲的愛娥被用一百多圓的價格，賣到了鹿港的一戶人家，做俗稱「媳婦仔」的童養媳，任阿媽和姑姑來苦苦相勸也無法阻攔。

那段時間是她永遠也不願回想起的地獄。才短短幾天，愛娥就受不了極其嚴厲的責打，偷偷逃了出來，哭哭停停三個小時，終於是走回了和美。當然，她是不敢回去找父親的，唯一的選擇是鄰近的姑姑家。

「唉呦你看啦，別人的囝有影毋值錢，哪會按呢共人拍！實在是……愛娥，妳莫轉去啊！這陣仔妳就住佇阮兜就好。」姑姑氣憤又心疼地看著愛娥。除了脖子上有指甲痕，胸口還有一條條受鞭打的紅色痕跡，小腿側邊更有許多紫色烏青。經商有成的姑丈沒有異議，於是愛娥就在他們家裡住了下來。

因為這樣的緣故，她和大她幾歲的表哥混得熟了一些，有時甚至還會和他一起走去學校——每天從三合院出發，走一個小時的路程去學校，看著表哥走進校門後，她再一個人慢慢走回來。

晚飯過後，姑姑和姑丈會為表哥溫習課業，愛娥就坐在旁邊靜靜地聽。

「你哪會啥物攏讀無啊？愛娥比你較細漢，閣比你較勢、較巧，你看你真正有夠見笑。無以後你就去飼豬仔好矣！」愛娥平時沒有上學，也就沒有什麼好記誦的，總是能夠清楚地背出姑丈複習的所有生字，明顯在讀書這方面比表哥腦筋更靈活。在這段期間，晚飯後的各種新知是愛娥少數覺得有趣的事，尤其是姑姑開朗而渾厚的聲音，除了散發一種安穩之感，更不知不覺在愛娥心中建立了一個接近「家」的樣子。

說起「飼豬仔」，這對愛娥來說並沒有什麼。以前她都會幫忙照顧雞鴨和莊稼，到了姑姑家也時常幫忙餵豬，有時還會和表哥拿竹編的畚箕去溪邊抓魚玩水。摸蝌仔兼洗褲，有抓到就帶回家加菜，沒抓到就當作消暑，好幾次玩到天黑才回家也沒有被罵。這些生活的點滴現在想來，都讓她非常懷念。

住在姑姑家的事情，幾個月後就被父親發現，愛娥因為害怕也只能被迫回去。後來，一切的生活回到了原樣。再後來，父親為了「花會」的新賭債又在煩惱，晚飯結束時和阿媽吵了起來，什麼「我就無錢啊，無欲按怎？」、「無錢嘛袂當閣按呢啦，伊是恁查某囝呢！」愛娥一邊聽著，一邊收拾桌面，只看阿媽丟下一句話，就回房裡休息了。

「愛娥，咱來去喔——」父親放下手中的空杯：「我𤆬妳去𨑨迌好無？」

「遮爾晚矣，咱欲去佗落𨑨迌？」

「爸爸𤆬妳去揣我朋友開講，行路半點鐘爾。」

「好啊！我去共阿媽講。」

「無啦，伊咧歇睏矣，後擺閣𤆬阿媽做伙去，咱等下就轉來乎！」

從塗墼厝到和美南邊的下山寮，父親口中的「等下」變成了兩三年，愛娥就這樣被嫁給了胡水盛，人生彷彿進入一個永遠逃不出來的迴圈。花會的會頭對著父親說「猜呀，這次是什麼動物？」愛娥彷彿就是那些動物，看著父親和阿媽仍然住在小小的塗墼厝，表哥一家人則因為搬去了臺北，再也無法為她庇護。

才剛到下山寮幾天，愛娥就感覺胡水盛似乎有些遲鈍，除了愛喝酒，能夠謀生的技能也只有打鐵，平常也不太跟她講話互動，家裡的一切都由公婆決定。可怕的是，一開始愛娥只要在家務上不夠勤快，公公就會直接大聲罵她，婆婆也會在一旁幫腔，後來甚至直接抽起家裡的藤條朝她鞭去。委身遭受到這樣的對待，愛娥也是打不還手罵不還口，任由咒罵和痛楚經過自己的身體，一個人默默承受。她怎麼想都想不明白，在自己嫁到胡水盛家裡之前，這些家務是誰要負責？那時被責罵的是誰？現在責罵自己的又是誰？更讓她感到震驚的是，當自己忙著打理一切家務、侍奉公婆的同時，偶爾還會被嫌棄說應該要去外頭找其他工作貼補家用——這也是為什麼她現在會每天往返紡織工廠。

愛娥當然也想過放棄一切包袱到處闖蕩，去當一個報紙上寫的「新女性」，可每當抱起翠英，她就又變回了那個自己生命中不曾出現過的母親。看著案頭搖曳的燈火照映在鏡子上，蚊帳裡頭熟睡的女兒並不懂得這些。也許以後會懂，就像現在的她，認清了自己的命運並不是自己能夠改變的，說實在的也不能夠這麼自私。除了自己，還必須想到孩子，想到公婆，想到一旁呼呼大睡的胡水盛……多麼希望這些千絲萬縷的糾葛不是自己的命運，就再也不會纏身於其間而無法脫逃。

——「妳咧創啥！」

突如其來的斥責聲衝進愛娥腦門，全身的顫抖讓她離開了這些回憶的瞌睡之中。奇怪的是，轉頭看向門邊的她卻沒看到婆婆或別人，只有窗紙外的蟬聲嘶嘶叫喚著黑夜。

好累。好累。好累。愛娥低頭，看見左手的大拇指因為恍神和驚嚇而不慎被針尖刺傷，現在正汩汩地滲出一顆顆血珠。痛嗎？應該要痛吧，一種暈眩感讓天地倒轉。可是比暈眩感更清晰的，是那些惡毒的言語和身上的痛楚。是那些縈繞不去的恐懼讓她拿起一旁乾淨的白布，將手上的汙血擦拭乾淨。

針線在破衣服上縫縫補補，針線也在愛娥的回憶裡縫縫補補。大家只看到縫補好的衣服，沒有人看見被針線來回穿插、迴環往復的痛苦。收起這些痛苦，準備起身洗手的愛娥回頭看了看翠英，彷彿頓悟：自己的命運不過是父親賭博的猜動物，不過是她身上反覆縫補的破衣服。

※

「身體愛顧，莫逐工舞甲按爾。」晚飯過後，公公突然對愛娥說。

「好，」愛娥受寵若驚地回答：「恁閣愛啉茶無？我去提水。」

「我來就好，妳緊去歇睏。」婆婆從愛娥手上拿過水壺。

「身體顧予好，囡仔才會好，知無？」公公補充。

儘管有些不知所措，但愛娥還是按公婆示意，回到房裡準備梳洗休息。

愛娥從不主動要求休息。她知道一旦提出什麼要求，可能就會被覺得是在偷懶。也因此，當她的肚子隆起而眾人收起了之前的苛刻，主動關心甚至苦勸她盡量待在家裡休養身體時，她都會恐怖地猜想：這是不是暴風雨前的寧靜？不過看起來，肚裡懷著的子嗣似乎暫時保護了她。生產完不久，公公找了熟習命理的老師為她的女兒取名為「翠英」，同時喚婆婆煮豬肝和麵線給愛娥做月內補補身子。這是愛娥嫁為人婦以後，難得可以好好休息的一小段時光。

好景不常，當大家的焦點從翠英回到日常生活，公婆就又變回那副本來面目，開始對愛娥碎碎念、三不五時催促她起來做家務，婆婆後來甚至還會故意對空氣大聲埋怨有人都在家躺著，應該要出門工作。是這樣不時的冷嘲熱諷讓愛娥不得不挺起身子，從身體還沒完全恢復的狀態裡回神，操持起之前負責處理的家務，同時也外出尋找婦女能夠勝任的工作，在紡織工廠找到了空缺，減輕家裡的經濟負擔。

讓愛娥心心念念，有動力繼續下去的，是每日工作結束後回家照顧翠英的那段時間——只不過，在「那段時間」之前，還有長長的「這段時間」。

這段時間以雞鳴作為起始。

聽到雞鳴，就代表一整天的勞動開場了。愛娥必須趕在其他人醒來前起床，簡單洗漱後就到灶跤拿大鐵鍋煮糜，同時燒水準備熱茶。烹煮的空檔，愛娥會回房將本來自然垂落肩下的長髮紮成一圈，出聲提醒胡水盛和公婆起床。在大家吃飯時，她每兩日要將全家人的髒衣服裝進麻袋，再把麻袋放進木桶裡，然後揹起翠英、頭戴笠仔往溪邊走去。洗完衣服後，愛娥會一邊哄著翠英，兩手提著又溼又重的麻布袋回到下山寮，放下身上的負荷，就隻身趕到紡織工廠直到傍晚。

在紡織工廠裡，愛娥每天操作著織布機，用純木棉織的材料做出寬三寸、長七尺，用來裹腳的腳白帶仔。這些完成的布料具體要怎麼纏？愛娥並不清楚，這要感謝臺灣各地的「解纏會」在她出生時正興盛，讓社會慢慢改掉了這個陋習。儘管現在幾乎沒有纏足的風氣，但裹腳布的需求還是存在，畢竟一些無法放足的老婦——比如婆婆——還是需要腳白帶仔來固定早已復原不了的腳。看著自己的「天然足」，愛娥知道自己和婆婆有點不一樣。

調整織布機的木條間距，就不只能織出裹腳布，還可以製作尺寸更寬的布疋，反覆勞動的機器在這時就有了其他用途。對愛娥來說，除了慶幸自己能用兩隻腳去行走、用兩隻腳去踩平什麼，這似乎也是某種象徵：只要調整一下，看似被決定的未來，或許也有一點改變的可能。然而，織布並不是愛娥的全部。

紡織工廠每週日放假，這時的愛娥就會抓準時間去找洗衣的工作，四處探聽哪戶人家需要幫忙。

家裡附近小溪流的流速剛好，無論是平時清洗家裡的衣物或是外頭的洗衣工作，這裡都是最適合的地點。眾人並肩在石頭上跪著或蹲著，就著木桶的雙手以肥皂和清水用力搓揉，衣服洗乾淨以後，就放在一旁陰乾。和紡織工廠相比，溪流邊的工作對愛娥來說輕鬆許多——除了讓她想起以前玩水抓魚的美好時光，洗衣的同時也會和一小群街坊鄰居分享村內資訊。當然，更多的是交換八卦。

「愛娥，恁大家對妳仝款遐爾歹？」

「對啊對啊，這陣仔有較好無？」

「莫閣講矣！」愛娥嘆了口氣，揮了揮手又繼續說道：「進前我佇厝內，伊就叫我出去揣頭路。這馬我佇紡織工廠揣到頭路，伊閣無歡喜，實在足奇怪。」

「伊按怎講？」

「伊講我去工廠，厝內的工課欲按怎？我恬恬聽，想袂到伊竟然共我罵，講啥『逐工去工廠毋知是去趁錢亦是去討客兄……』」

「傷譀矣啦！」

「按呢妳趁的錢敢有夠？」

「有一个內地來的新工作，聽講叫啥物『女給』，會用趁足濟錢。」
「我嘛聽講彼个趁足濟呢。」
「彼个是咧做啥？」愛娥聽到後，趕忙放下手上的衣服轉頭追問。
「我嘛毋知，敢若是佇『珈琲店』，逐工攏穿甲真媠按呢共人客開講。」
「咱遮敢有『珈琲店』？」
「應該是無，會當去彰化佮鹿港看覓咧。」
「莫閣想矣啦，這攏毋是阮的代誌……」八卦，生活，生活八卦。

表哥幾個月前曾經回來彰化一趟，剛好在和美街上被下工回家的愛娥遇到。簡單交談後，表哥把身上幾冊最近新買的幾本白話詩集拿給愛娥翻閱，都是在剛開幕的大安書局買的。在過往的書信聯絡中，愛娥得知姑姑一家在台北的買賣遇到了一些問題，表哥則開始在私塾擔任漢文老師。唉，無論是經商、女給或是老師，這些都離自己太過遙遠——聽到隔壁洗衣婦講的「這攏毋是阮的代誌」，愛娥至今的生活彷彿被這些八卦一語道破，內心震盪了好久。

真的只能這樣了嗎？聽著洗衣的眾人閒聊，愛娥也只能繼續擰乾手裡的濕衣服，看手裡的布料被旋轉、壓縮而產生無數皺褶，水珠就這樣從縫隙中不停不停滲出來——只要用力擠，總還是有水的，這就是布料的韌性。人也有韌性嗎？低頭看向木桶裡頭被擰出的水，水面晃悠悠地映著自己的倒影。愛娥將木桶倒空，讓倒影隨波逐流。

刷洗。然後擰乾。然後再刷洗。然後再擰乾。愛娥拿起另一件濕衣服，小小的剪裁一看就知道是翠英的，剛才尋找新工作的念想便全都斷在了這一刻。她一直在尋找更好的選擇——選擇，選擇，胡水盛的妻子、父親的女兒……除了成為紡織工廠的勞動者，其他從來都不是自己選擇的。在河邊的愛娥倒空木桶像是把自己的思緒倒空，告訴自己一定有更好的選擇。現在唯一要做的事情，就是洗好衣服，然後好好活著。

※

儘管曾經跟著表哥一起讀書，但愛娥也並不是認得所有字，有時候還是會遇到不會寫的字。好消息是，生活周遭無論是紡織工廠的同事，或者是一起洗衣的婦人，有幾位受過教育而會寫字的，愛娥時常趁著勞動的空檔厚著臉皮去請教她們。夜晚寫完信的她，會在隔天下工回家的路途中，順道走去郵便局寄信給住在永樂町的表哥。寫信和寄信，是她每日工作和家務勞動之外，少數留給自己的時間。

自己的時間。

在家庭壓力的環繞下，愛娥在自己的時間和不是自己的時間當中試著突圍，但每天的生活卻彷彿是無盡的迴圈：從工廠離開後再回到工廠，棉質的、麻質的、加工布料的，她每天和這些千篇一律的材質混在一起，僅有的福利就是家裡的麻袋從來不缺，甚至有時會多到被風吹落在地上，需要整理。

「袋仔會記得要囥佇柴厝。」愛娥從灶跤出來，對胡水盛說。

「……」

「塗跤，這袋仔要提去柴厝。」看胡水盛沒有回應，愛娥以為是他沒聽到，指著散落一地的空麻袋再說一次。

「妳欠拍是毋！」突然的大吼嚇到了愛娥，她趕忙彎腰撿拾地上散落的袋子，但胡水盛並沒有要放過她的意思：「逐工聽工廠乒乒乓乓，轔轔琅琅做到雙頭烏，轉來閣愛看妳佇遐變鬼變怪！欠拍——欠拍——實在有夠欠拍——」

放下手中的麥仔酒，胡水盛拿起一旁的藤條，每罵一聲就抽打一次，愛娥因為害怕而不停抬手遮擋，藤條幾乎都打在了手臂上，造成許多肉眼可見的紅腫和破皮。鞭打和哀嚎的聲音在空氣中迴盪，直到愛娥最後不堪痛楚終於跌坐在地上，一旁全都看在眼裡的婆婆才假好心地揮手制止，從房裡走出的公公也出聲警告愛娥不要吵，翠英還在睡覺，吵到鄰居就不好了。

這樣被莫名打罵的生活並不是最近才開始。

早在被迫嫁來下山寮以後，就持續到現在，只有懷胎那時短暫停止，翠英出生後又成為了愛娥的日常。好像只要待在這個地方，一切都無法改變。無法改變卻又不想習慣這一切的她只能躲在房間裡，趁著翠英哇哇大哭時默默啜泣——一邊抱起來哄，一邊用女兒的哭聲掩護自己的哭聲。真的只能這樣了嗎？難道可以像以前一樣逃到姑姑家嗎？表哥一家人還住在和美的時候，她曾經借住了一小段時間；表哥一家搬到了臺北，難道她就不能去臺北嗎？在哭聲中胡思亂想，愛娥覺得這不是一件不可能的事。但應該怎麼做？無緣無故帶著孩子不告而別，任誰都會去找大人處理，被發現後一定會遭遇更大的毒打。總而言之，這件事情不能夠太過草率，而且短期內也無法解決，就先暫且把日子過下去吧。想著想著，愛娥把翠英哄睡之後便趕緊去梳洗，同時仔細檢查、用毛巾擦拭自己手上的傷，準備面對明天的工作。

「愛娥？」

在下工回家的路上，一位穿著整齊、氣質優雅的女子朝愛娥的方向打了聲招呼。

「妳是……」

「我是金蘭啊！真正是妳，我拄才以為我看毋對啊！」

金蘭是以前住在表哥隔壁的同班同學，她們那段時間常常會一起到河邊玩，公學校畢業後，她在家人的支持下遠赴內地留學，最近才又回到了彰化，整個人從髮型到氣質都和以前不太一樣，讓愛娥一下子沒認出來。

「妳的手哪會按呢啦！」

一陣交流寒暄過後，金蘭才注意到愛娥手臂上的傷痕，有些驚嚇地大喊。高頻率的叫聲頓時引來一旁豆干攤販的關心，金蘭身旁的兩位女性也轉身過來加入談話。

「我有藥仔，我揣一下。」站在一旁、看來十幾歲的女孩從布包拿出藥膏，細心塗抹著愛娥手臂上的烏青。

「哎唷，妳有按怎無？」另一位身材高眺的女性也關心起她。

「這豆干請恁食，愛好好照顧家己啦。」攤販看著愛娥手臂上的傷，好心分給她們幾塊豆干吃，然後談起自己看過很多在家裡遭到毒打的女性。

在金蘭的介紹下，才知道剛剛幫忙擦藥、立志成為護理師的女孩叫作翠玉，旁邊稍微年長的王琴則是學校老師。她們都是婦女共勵會的成員，現在都住在彰化街上，今天要去拜訪老師而恰好經過和美。對於自己的烏青突然成為眾人的焦點，愛娥覺得有些不好意思。

「妳對婦女共勵會敢有興趣？」金蘭解釋，這是她們和一些公學校老師一起成立的組織，有時候會請老師來教漢文，大家也會讀報、學習國語和羅馬字。說起婦女共勵會，一開始其實是為了改革各種陋習才成立，後來加入語言學習後，參與的狀況才變得比較踴躍，甚至還有踢球、唱歌等不同領域的交流活動，翠玉的護理知識也是在裡頭學到的。

「我上佮意演講會，」不等愛娥回應，王琴像是在教室上課一樣，開始熱情地分享：「每个月頭一个拜六，阮攏會做伙討論。我閣記得頭一擺講演會有一个白目佇下跤共阮嗆聲，連鞭笑阮講這攏無效啦，連鞭詬洗其他替阮講話的查埔，實在是足可惡的……」

走在回家的路上，愛娥似乎多了些勇氣來面對現實，對自己的未來產生了一點希望——善良不只出現在姑姑一家，還有這一群女性勇敢追求著知識，對不合理的社會現象提出看法。這些善良都是一種選擇，但愛娥發現自己的一切好像都不是自己選擇的？如果可以選擇，當然要選擇生在姑姑家或金蘭家，這樣就不會遇上這些難以處理的事情，所有讓她倍感疲憊的家務也不至於要獨自承擔。想到晚飯還等著自己做，愛娥打斷這些思緒，加快腳步往家裡走去。

※

明朗、公正、剛健，這是表哥公學校的校訓，姑姑時常要他記在心裡，因為時常在表哥旁邊聽訓、複習課業，愛娥也就跟著記得了。這些以前不經意學到的詞，有點虛幻，有點遙遠，但又帶著一點理想在裡頭，每每回想就彷彿有了繼續勞動的力氣。愛娥知道這些勞動為的不只是自己——愛娥不要翠英像自己，愛娥要讓翠英去上學。

儘管有理想的加持，但這陣子的紡織工廠趕著出一批貨，從早到晚所有的女工都必須加緊手腳，這對於下工後還要趕回家準備晚飯的愛娥來說，無疑增加了許多心理和生理上的負擔。

「組長，今仔日我欲先下工矣。」

「妳猶未做了就欲走？」

「歹勢，我明載仔一定會做予好勢。」

「按呢妳今仔日的錢愛抰起來。」

「無我替伊做敢會用？」一些同事看到愛娥的情況便為她抱不平，出聲求取一些通融，但似乎於事無補，甚至讓事情的發展越來越嚴重。

「妳家己的攏猶未做了，按呢恁的薪水攏愛先沒收。」

「敢有這款道理？」

「對啊，曷有一个按呢對待人的？」

「恁繼續吵無要緊，我嘛是聽人辦事。」

組長丟下一句話後就若無其事地離開，留下一群錯愕的女工暗自咒罵。組長自己也是女性，應該要能夠體諒她們的處境，不知道為什麼要這樣苛刻，甚至沒有任何通融的空間？

對愛娥來說，工廠裡的織布活和在家裡侍奉公婆，是兩種不同的風險，這兩種風險是平行的：組長看到進度落後時會斥責愛娥；婆婆看到她在家務上有遺漏時，也會抽起藤條揮來。照道理來說，組長和婆婆雙方並不知道對方的存在，可是若沒有組長鞭策，婆婆就無法使用腳白帶仔，而若沒有婆婆的種種兇惡責打，愛娥一開始也不會去工廠工作，聽命於組長的指令。是如此永無止盡的迴圈包圍著愛娥，像是時間。

傷口痊癒也需要時間。隨著藥膏的塗抹，傷口會結痂、脫落而由新長好的皮膚所取代，但此時往往又會有新的傷口出現。或者更精確地說，愛娥手臂掛著的不是傷口，更像是看得見的時間。日子是跟著手臂上的傷口而前進，跟著塗抹的藥膏而前進，跟著結痂的脫落而前進。這一切不過是時間，而沒有人能夠逃離時間。

連日的勞動讓愛娥有些恍惚。當她疲憊不堪地回到房間、擦著翠玉給自己的藥，想到翠英的名字也有個「翠」，愛娥的心中就浮起了一點親切的感覺。翠玉的年紀介於自己和翠英之間，卻已經如此體貼、懂得照顧別人，這該是多麼難得？她的家庭一定給了她很好的環境。翠英以後也會像翠玉一樣，成為這樣善良的人嗎？在昏昏沉沉的暗夜裡，愛娥一邊想著，手臂上的破皮好像也在擦藥的過程中，被隱隱給予了一種祝福。

太過勞累的愛娥從夢中夢驚醒，深吸了一口氣，發現自己正在柴房，手裡提著煤油燈。這裡除了木柴，還堆放著平常用不到的雜物。回想起那次偶遇金蘭，儘管彼此沒有約定，但愛娥之後的每個月都會在和美街上的廟埕遇到她們幾次。聽她們分享各種演講會和例會發生的事情，彷彿和自己所身處的現實是兩個世界。

愛娥也會和她們分享自己和表哥的通信。寫什麼呢？愛娥在信中大多記錄翠英的日常，有時也會談到工廠裡的生活，總之就是刻意隱藏在婆家遭遇的委屈。

有時愛娥會想，要不然就生一場大病，自己也許就能和懷胎那時一樣被好好對待，不會有人逼著自己四處張羅家務，工廠也不會這麼咄咄逼人。光是每日工廠的勞動就已經消耗一大半的精神，如果胡水盛和公婆變本加厲地責罵鞭打，她也真的不知道能夠承受到什麼時候。這陣子她已經好幾次做事做到一半打瞌睡，分不清楚是在做夢還是在工作——夢中也在工作，生活的折磨像是永遠也逃不掉。如果能像翠英一樣該有多好？每日每日被悉心照料著，不用擔心會被毒打，只需要好好地睡眠，一切就會往好的方向發展。

關起柴房的門，剛剛因為太過疲憊而打瞌睡的愛娥稍微清醒了一些，坐在門邊的矮凳上，隨手翻讀一旁放著的報紙。

小小的一行字「婦人會解散」映入眼簾——愛娥心裡一驚，應該不是金蘭她們的婦女共勵會吧？不是才聽她們講到之後的活動嗎？但事情也很難說，說不定一切都是夢？不知道發生了什麼事，煤油燈的火苗突然飛上一旁散落的麻袋。這種材質本來就乾燥易燃，碰到一點星火便整個燒了上去，加上夏天夜晚燥熱的氣溫，整間柴房一下子就轟地燃燒起來。一定要小心，如果燒起來就完了。

不對，這是真的燒起來了。

當燃燒的黑煙竄到愛娥眼前，她才驚覺這不是在做夢，必須趕緊滅火。愛娥用手上的報紙試圖壓制火焰，卻沒想到反而燒得更旺，讓她不得不趕緊打開門逃出來。看著裡面的木柴和工具，明明現在要做的是求救，但喉嚨卻怎麼都叫不出來。過了幾秒，她才像是驚醒一樣，向四周大喊。

「火燒厝矣！火燒厝矣！」

※

愛娥隔天沒去上工。

再隔天到工廠時，組長和之前一樣神情嚴肅地扣了她工資，從剛剛發下的工資袋裡頭抽走幾張鈔票。雖然被扣了工資，但同事們並不如愛娥想像中那樣取笑她，反而大多面露一種同情甚至是佩服，一聲聲「辛苦矣」，彷彿她是個英雄。同情可以理解，佩服又是怎麼回事？愛娥不明就裡地問著她們，她們只笑笑地不說話，眼神中還把她手臂的傷口當成榮譽的徽章。工廠裡的幾十名女工好像受到鼓舞，言談之中甚至還在討論要罷工，希望組長和工廠可以提高工資，改善整個工廠的環境。

把愛娥當成英雄的情況並不只在工廠裡。回家的路上，豆干攤販遠遠地看到愛娥經過，便開始大力揮手、鼓掌吆喝。一問之下，才知道整件事情已經被傳開——大家知道她在家裡被欺壓，都認為這場大火是她反抗的行動，不波及生命的同時也清楚展現了一種不合作的態度。

愛娥沒有和工廠同事說的是，火燒厝隔天她沒去工廠，並不全是因為要整理燒掉的柴房。火勢撲滅以後，公公、婆婆和胡水盛在門口向鄰居說明、道歉，處理完這些瑣事後，就在大廳的神明桌前把愛娥毒打了一頓——不只揮起藤條，還拿粗硬的木棍打下去，後來甚至把她關在房間裡反省一整天。儘管自知理虧，也一直靜靜忍受這些痛苦，但愛娥再會忍痛也無法負荷這樣淩厲的折磨。

再隔天，她趁著公婆還沒起床，就悄悄出門去了工廠。無論如何，自己一定要想辦法先暫時離開家裡。

想起紡織工廠的大家正在組織罷工，愛娥其實沒有那麼遠大的抱負，只想和翠英好好生活。她可以理解大家的想法，畢竟自己也是受了這麼多的委屈走過來的，她知道只有勇敢才能夠改變命運。如果她是阿媽，應該也會支持她的離開吧？想著想著，愛娥就在路上遇到了金蘭她們。

像是第一次見面時那樣，她們對於愛娥身上的各種新傷口面露難色，聽完解釋後更氣憤地叫她離開這樣的家庭。但離開這裡還能去哪？公婆也可以找人把她抓回來，甚至去找大人來處理……這件事情並不如想像中簡單。

王琴以老師的角度有條理地分析：愛娥認識的人其實沒有很多，除了公婆和胡水盛，也只有工廠同事、父親、阿媽和表哥一家，公婆和胡水盛不用說，工廠辭職就好，阿媽也已經支持她離開，那就只剩下表哥一家。金蘭也附和，說既然愛娥和表哥平時會通信，那這次就由她代寫一封信，和表哥說愛娥在連日勞動中發了瘋，甚至加油添醋說愛娥死了請他不用再寄信了，這樣也許就能斷開聯繫和往後的風險。

回到家，愛娥做好了晚飯，在灶跤填飽肚子後就回房照顧翠英，像平常一樣，端起熱呼呼的糜一口口餵著，小心地讓每一口都不至太燙。看著這麼小、這麼乖巧的女兒，愛娥想到自己也是別人的女兒。思緒讓她重新回到一種渾沌的狀態，彷彿真的只有勇敢逃離這一切，才能夠獲得新生。梳洗過後，愛娥看著已經熟睡的胡水盛，沒有表情，只是看著。

有風從窗框縫隙透了進來，油窗紙在案頭燈的照映之下微微晃動，提示時間正不停流逝。愛娥拿起近日縫補好的衣服，是這些補好的衣服帶著她走到了現在，也將繼續帶著她走向未來。無論未來是否會比現在辛苦，至少這次是自己選擇的。現在，是她自己的時間。

從和美往彰化街上走去，順利的話，天光亮起前就能抵達車站。彰化往北分成了山線和海線，總而言之會先經過臺中，再往北可以到臺北城。或許可以先到烏溪對面的城北醫院找工作？也或許可以到臺北去闖闖看。

「咱來去喔——」愛娥揹起熟睡中的翠英小聲說道，然後吹熄案頭的煤油燈，在黑暗裡挺直身子向著門外走去。她在月光下的身影，彷彿自己記憶中未曾謀面的母親。

佳作／徐士棋
螢火蟲

個人簡介

徐士棋，二〇〇三年生。
有點懶，有點廢，又有點任性。
今年二〇二五是我的幸運年，各方面都是。

得獎感言

終於懂想謝謝的人太多是什麼心情。
有你們真好。
今年的螢火蟲也很美喔。

螢火蟲

我喜歡螢火蟲，雨後的夜晚，繁星膩了高空的景色於是墜落。在樹叢和地面，起飛時伴隨生命的脈動。

停好機車，熄火。排氣管緩和，耳裡只剩蛙鳴和流水，我朝前方的深處走去。

螢火蟲起飛時用手擋在前方，就能讓光點成為飾品，在手掌和指尖徘徊。這是軒告訴我的。

軒第一次帶我來這的時候說：「光會互相吸引，然後成為彼此的影子。」

「光和影子是對立的吧？」

軒沒有回答，只是伸手將我頭頂的螢火蟲取下。螢火蟲停在她的指尖，一閃一閃。我伸出手指，軒的指腹柔軟，光流了過來。

微弱的光點依著彼此的呼吸閃爍，我抬頭看軒。影子。思緒像踩到濕潤的泥土上，緩緩沒入有軒輪廓的黑夜。

某次來這裡前下了場雨，我說改天再來，軒盯著窗外。

「雨會停的。而且下過雨才能看見比自己想的更多。」軒用極小的聲音低喃，比起回應，更像是在提醒自己什麼。

那天是我看過最多螢火蟲的一次，雨停了，路燈不知為何沒有亮起。我和軒坐在樹叢環繞的草地上。

「你知道自己有光嗎？」軒突然轉頭問我。

「光？怎麼說？」

「第一次遇見你，就被你的光吸引。」

「我不懂。」

「就是光。像這些螢火蟲一樣的光。」

「這些話你也說給嫻聽過對吧？」

軒沒有回答，躺了下來。我起身跨坐在她身上，低頭想看清軒的表情。軒在我靠近的瞬間吻了上來。我們開始翻滾，毫不在意下過雨的泥濘。軒將我壓住，柔軟溫熱的舌佔滿了嘴，無法呼吸的同時，軒的手如婆娑的蛇鑽進連身裙，指尖輕輕彈奏我身上的音符，不自覺弓腰，伸腳，沒有施力點的雙手來回揮動，我在群星堆中綻放。

那天回去的路上，晚風夾雜泥土的青草氣息，我和軒都不發一語。回到家簡單梳洗就躺在床上，彷彿我們還在樹叢中央。

震動從口袋傳出，一通來自軒的電話。我將手機關機，腳下發出踩在硬殼上的破碎聲，一隻稍大的螢火蟲失去光芒。

我坐了下去，閉上眼想像身旁的螢火蟲都隨著祂一隻隻衰弱死去。像流星雨，好美，這些凋零的影子都和我坐在這裡聽風走過。

想起也曾用手抓住過，裝在玻璃罐裡，那是最美的夜燈，是林道裡唯一的浪漫。那時我問軒牠們什麼時候會熄滅，軒說交配過的話，公的兩天，母的則是產完卵就差不多了。

「那我呢？」

「會一直亮著吧。」

「可是嫻的光消失了不是嗎？下次就換我了吧。」

「不會的，別想太多，你看。」

軒拿起玻璃罐，反過來用手拍打。螢火蟲們受到驚嚇紛紛將翅膀展開，無數光點自瓶口飛出，先是向下靠近地板，再同時往上。軒從後面環抱抓住我的雙手，她說現在許願，不管怎樣都會成真。

「我希望我的光可以不要消失。」

「我也是。」軒在我耳邊低聲的說。

不確定坐了多久，再睜開眼，原本閃爍的光點都已不見蹤影。伸手不見五指的黑暗，想起大三那年第一次進劇場。

聚光燈打在舞臺中心，兩個女人坐在地上，臉上有血。她們身體交纏，親吻，彼此掐著脖子。兩人不斷叫喊對方的名字和罪行。

軒。畜生，婊子，外遇的垃圾。

嫻。我愛你。

一聲巴掌穿透，軒撫著臉頰，眼神沒有因疼痛閃動，依舊溫柔的看著嫻。嫻的身體捲曲，肩膀微微顫抖。軒伸出雙手，將嫻扶好，托著臉，兩人對視，呼吸逐漸平穩。看著嫻委屈的雙眼，巴掌再次響起，嫻倒在地上。掙扎，被扯開的長裙劃過地面，皮膚上佈滿咬痕。嫻放棄擺動自己，任憑濕熱的吻走遍全身，呻吟在肉體間搖擺，最後轉為啜泣。燈光循著吸氣的節奏慢慢暗了下來，在完全熄滅的前一刻，我看見軒正盯著我。

燈再亮起時，她們換了衣服，牽著手。

「大家好，我是軒，她是嫻，謝謝你們來。」

說完，敬禮，燈再次暗了下來。鋼琴的旋律小小的在耳邊響起，高音連續像午後的雷雨打在水面。不同先前的激烈，軒和嫻盤腿對坐在舞臺角落，閉著眼，藍色燈光不斷流動，漪以兩人為中心緩緩暈開。

音符變得輕柔，她們神情放鬆，緩慢展開身體每個角落。將手拉長到極限後，像失重一般放任自己倒在地上，與波浪融為一體。

波浪之後，又換了好幾個場景。藍色的光變成茂密樹林裡的綠葉，樹葉飄落成了廣闊沙漠揚起的砂石。每一次交替，兩人就更靠近彼此。最後場景來到崖邊，嫻失去沉穩，四肢在空氣中揮舞，眼神向軒求救。

可軒沒有回應，持續以靜謐的姿態展演自己，像一頭寂寞的獸。

「恭喜你們表演順利！很好看，真的，尤其是軒的表情，竟然是寂寞，不敢相信。」。

「幹真的，軒臉上出現寂寞真的很不可思議，就算在排練看了幾百次，還是沒辦法習慣。軒跟寂寞根本搭不上邊。」嫻忍不住笑，用手戳了戳軒的臉頰。

「會嗎？哪有劇場演員不寂寞的啊？」軒把嫻的手指拿開，一臉無奈。

「就不知道是誰一堆追求者囉，要不是女友是我，相信你。不然誰受得了？」嫻說完，一口把還有半杯的啤酒乾掉。

「好啦，別吵架。對了，你們開場那個巴掌是真打吧，不會痛嗎？都倒在地上了。」

「痛啊，超痛，軒真的有夠大力。」嫻看著我，摸著右邊泛紅的臉頰。

「不過，也習慣了啦，畢竟軒在床上可是很S的喔！」俏皮取代委屈，嫻說完笑嘻嘻的又乾了一杯。

嗯，我知道。差點脫口而出的嫉妒，軒朝我眨了眨眼，那是暗號，每次軒在嫻面前約我，就會眨眼。

吃完飯，嫻喝了爛醉，我和軒把她送上計程車。軒問我去螢火蟲秘境還是我家？不能去你家嗎？趁著酒意，第一次問出口。軒揮了揮手，攔下一臺計程車。「指南路三段一九五號，草湳道登山口。謝謝。」司機點頭之後，軒就靠在我肩膀上睡著了。

起身稍微把泥土拍掉後，手機開機，晚上九點，一則未接來電。我沿著剛才留下的足跡往回走，沒多久，眼睛就重新適應了路燈明亮的光。跨上機車，空氣瀰漫下過雨潮濕的味道。心裡默數第十三個綠燈，轉進巷子，一個熟悉的身影。

「好久不見。」軒在我停下機車後說。

「你為什麼在這裡？」

「嫻出國了，無聊想說來找你敘舊。」

「你在跟我開玩笑嗎？」聲音的顫抖連我自己都聽得出來。

「你剛剛去看螢火蟲對不對，褲子上都是泥土。」

「可以不要這樣嗎？」

「今天螢火蟲應該很多吧，下午有下雨。」

「你到底想怎樣？」

「你還喜歡我。」

「沒有。你可以離開嗎？」

「那你為什麼要去看螢火蟲？」

我說不出話來，一陣暈眩，眼前出現無數光點，雙手不受控制的向前抓去，鑰匙掉到地上。光點穿過我的身體，在試圖碰觸的瞬間散開，停在軒朝我伸出的手上。

「上樓說吧。」軒在碰到我的前一刻蹲下，撿起地上的鑰匙說。

「嗯。」我想將鑰匙搶回，卻只聽見自己應答的聲音。

軒牽起我的手，樓梯間異常安靜，只有腳步聲迴盪。

「這把嗎？」軒拿著其中一把鑰匙問。我沒回答，接過整串鑰匙，將門打開。

軒先我一步進去，一手將我摟進懷中，曖昧的指尖輕撫我的後頸，沿著背到腰，劃過的地方像被點燃似的發燙。我開始感到焦急，複雜的情緒喚起顫抖的身體。我抬頭期待能看見軒露出痛苦的表情，可軒只是微笑著，用同樣發燙的唇吻了我。

「你還是一樣。」軒看著我說。

「什麼東西一樣？」我不解軒指的是什麼。

軒如往常沒有回答，用力朝我的肩膀咬下，劇痛在身上瞬間蔓延。房間充滿尖叫和悲鳴，軒沒有選擇放開，反倒增加力道，好像要咬下一塊肉那樣用力。

不斷叫喊的喉嚨逐漸乾澀，漸弱的呻吟使軒退開。疼痛沒有因此停下，我小心的用手撫過，鮮血和軒的口水混合，成了一片發光的海。那些匯聚的光點持續灼燒著我，同時朝身體各處流瀉。我就像掉進波浪的蟲，軒的微笑激起潮水，輕易就將我吞噬，捲入海底。

「很痛。」

「我知道。」

軒像動物一般舔舐那持續發光的傷口，舌尖的每次碰觸都使我不斷縮小，感覺有些東西正一點點從身體深處被喚醒，或是被奪去。

我開始感覺不到先前的熾熱，軒起了霧，怎麼也看不清楚。倘若在這朦朧的時刻，有任何一滴水能落下，滴在臉頰或胸膛，我想都能算是救贖。儘管清楚只剩乾涸的裂痕，還是選擇回到那許願的夜，向剛才踏扁的螢火蟲祈禱。

軒從傷口離開。如曾經的無數夜晚，牙齒劃過耳廓，像風從稻穗上方經過那般輕巧，而後用唇包覆耳垂。軒開始吸吮，舌不經意的在它身旁跳舞。我的耳如任人擺佈的少女，沉淪於軒的華麗之下。最後走了進來，毫無預警的，粘膩聲如爆炸貫穿全身。我將軒一把推開。

結束了，我心想。就算原本要重新有點什麼，也在那反射性地用力之下，被推開了。鐵皮屋頂發出零星的打擊聲，不久，窗外的街道就被路燈召喚的無數絲線所淹沒。

「你要走了嗎？」

「我愛你。」軒在我耳邊輕聲說。

「你愛我那為什麼還是回到嫻的身邊？」

我直盯著軒的雙眼，試圖捉捕稍縱即逝的猶疑，換來的卻是不曾看過的堅定。

「光消失了嗎？」我沒有等軒回答，接續著問。

「季節過了，螢火蟲就暗了。沒有人願意去看一群不會發光的螢火蟲。沒有光，螢火蟲就只是再普通不過的蟲罷了。」軒背對著我，一邊穿鞋說。

「那你為什麼還要來找我？如果我在你眼裡就是一隻黯淡的蟲，那你為什麼還要來找我？」我用盡全力咆哮，卻只傳出啞掉的哀求。

「因為我愛你。」說完，軒就走了。

接連一週，軒都出現在夢裡。

第一天是軒上了報紙頭條，標題是才華洋溢的現代舞者上吊自殺。撰文的記者是嫻。第二天是嫻在我面前跳河，軒從對面的橋一起跳了下去。第三天我忘記了。第四天我變成家貓，主人是結了婚的軒和嫻，她們在我面前做愛。第五天，嫻說，她會原諒我，因為軒回到她身邊了。第六天嫻很生氣的打了我一巴掌，說我是蕩婦。第七天我和軒在一家陰暗的文青咖啡廳約會，她深情的看著我說，我愛你。

神奇的是，這之後我就再也沒有夢見她們。有人說夢是來自人的潛意識，人想什麼，就會夢到什麼。可不管我如何想著她們，夢裡都只剩隱約閃爍光點的黑暗。

我開始毫不留情的用手拍向飄泊的光點，揮別過去，我是這麼想的。可不管如何揮舞雙手，如何屠殺，光點就是不會消散。像肩膀上的疤，永遠不會消失。

最後一次遇見嫻，是在軒的螢火蟲秘境。她跟我說，軒離開了。我點頭，沒有說任何話便坐了下來。我們肩靠著肩，環顧四周所有新生的光，接了吻，道別。

佳作／翟允翎
當你成為我

個人簡介

一九九六年生於新北，北藝大新媒系畢，臺師大藝術史所就讀中。

個性有點搞怪，不務正業是日常，很幸運擁有包容我一切的親朋好友。

得獎感言

大學聽聞有個半夜推嬰兒車爬上妖山的女子，在不知道第幾個熬夜做作品的凌晨，回到宿舍頂樓吹風的我第一次看見她，應該不是鬼吧，我很怕鬼。車內傳來喵喵聲，女子像在跟寶寶父親講電話的方式開口，這段記憶有點破碎，不確定是我親眼所見還是摻雜校園傳說，但當時感受到的悲傷卻沒有消失，我希望她能以某種形式被記住。

當你成為我

王阿姨養了兩隻貓，Kuro跟Shiro，一黑一白的兩隻母貓，王阿姨習慣讀報給她的兩隻貓聽，坐在飯桌前，早飯讀一次、晚飯讀一次，每逢讀報的時候，Shiro都一溜煙消失無蹤，彷彿逃學的孩子，Kuro則會蜷縮在房東腳邊，微微抬起一隻前爪，靈活的舌頭輕輕舔著柔軟的毛髮，從前腳開始，右腳、左腳，接著轉動身體，彎起背部，專心清理起腹部與側身，偶爾停下來輕咬幾下打結的毛束，偶爾打個噴嚏，像是對自己的毛過敏一般，最後，Kuro伸展四肢，抖動一下身體，舒服的蜷起身體來打盹。

王阿姨是咖啡廳常客，柔一直都喚她王小姐，畢竟小孩喊阿姨是尊重輩分，年輕女性稱另個年長女性阿姨，是白目。然而成為房東與房客之後，王阿姨堅持柔要喊她阿姨，她說：如果我早一點結婚，我都可以當你媽了。柔笑笑甜回：怎麼可能，你看起來根本我親姐。

柔從大學時期開始在咖啡廳打工，畢業後老闆問她要不要轉正，好像沒有更想做的事情，柔便繼續待下來，北漂族最難忍受的，除去濕冷的臺北天氣，另個就是高居不下的房租，離開大學宿舍的保護傘，柔選擇在捷運板南線遙遠的尾端租了個套房，每天來回通勤一小時上班。

兩房兩廳一衛的格局，對於剛踏入社會並且單身的柔而言，其實太大了，原本是王阿姨與兩隻貓獨自居住著，母親過世後，王阿姨搬回老家陪父親，兩家房子相隔一條臺北橋，父親討厭貓，這房子便留著養貓。

王阿姨表示如果柔不介意老姑婆每日會來讀報給貓聽，便以一般套房的價格租給柔，柔當然不介意，或許社會普遍認為一位年長單身又養貓的女性，是人生失敗組，需要投以憐憫的眼神，然而，讀報給貓聽怪是怪了點，但也沒礙到誰，加上她是貓派，反倒賺了兩隻貓室友。

王阿姨面貌雖老，看著旁人時眼眸總是似笑非笑，柔相信王阿姨年輕時一定是個美女，張愛玲不都說了「美人老去了，眼睛卻沒老」，柔在心裡還默默幫王阿姨編織了一段年輕時的虐戀。

Kuro、Shiro是柔唯一的室友，直到安搬進來之前。

＊

距離畢業剩下兩三個月，安還沒找到正式工作，宿舍只能住到畢業，正在猶豫要不要找術性延畢，因為壓力經常性失眠，這日翻來覆去，安默默從宿舍房間走去四樓，那裡有個公共露臺，是唯一沒有門禁的露臺，畢竟學校高樓的屋頂總是會有意外。四樓沒有意外，只有偷抽菸的學生，那天只有安一個人，時間來到凌晨兩三點，安往下望，看到一個推著嬰兒推車的女人站在宿舍門口，那是安第一次見到貓女。

女人將嬰兒車停在大門口，對著空無一人的方向說道：「你什麼時候要回來？」停頓，「這麼久……」停頓，「我們很想你」停頓，「我很想你」。

嬰兒車忽然發出喵喵的聲音，是幼貓，不是嬰兒，安很確定，因為柔很喜歡貓，安也曾來到柔的租屋處看貓。

女人被嬰兒車發出的聲音喚回，回頭對嬰兒車說道：「不要吵」停頓，「爸爸還沒回來」，貓咪繼續叫，女人卻一直沉默。

安抽完第三支菸，女人才握住嬰兒車的手把，離開宿舍大門。

*

位在市場附近的咖啡廳，一排並連的老公寓中，它位在最右側公寓的一樓，店門口面對大馬路，沒有招牌。店面夾雜在兩條道路中間，室內空間狹長，恰好足夠櫃臺、走道，以及一排座位，所謂座位，也只是兩塊木板釘起的桌面，配上四、五張高腳椅，騎樓擺了幾個鐵桶，如果客人願意，可以站在戶外喝咖啡。

咖啡廳老闆用木頭格柵取代窗戶，從座位區向外望，途經的行人或車輛像是逐格動畫一樣，切斷流動性的同時又產生一種韻律，看著有趣，缺點是如果車流量多，廢氣便會直沖店內。

平日下午，咖啡廳客人很少，安獨自占據一整排窗邊的位置。

「一杯熱美式，內用。」

「好，請稍等。」

過了一週，安再度出現，老闆不在櫃檯，臺面上有個服務鈴，安輕點了兩聲叮叮，老闆從櫃檯內牆的一道門走進櫃檯。

「一杯熱美式，內用。」

「好，請稍等。」

待客人取餐後，老闆會再度消失到櫃檯後面的空間，偶爾有外帶的行人，他也是一樣的態度，出現、消失、出現、消失。老闆在櫃檯，客人在走道或座位區，各自扮演好自身的角色，不多不少。

*

這次過了兩週，安才出現，平日咖啡廳仍然沒什麼客人，安重回一整排窗邊的位置。

「一杯熱美式，內用。」

「今天有剛出爐的司康，要不要帶一個？」

今天不是老闆，是安從未見過的店員。

「好。」

「老闆最近開始去進修啦，每天都要去上烘焙課，說想要在咖啡店賣一些點心，司康就是他早上練習的成果。」柔邊講話邊操作義式咖啡機，略顯生澀。

安禮貌性回答：「這樣子啊。」

「老闆那時候在羅斯福路跟我問路，我就直接帶他去。」咖啡機忽然冒出白煙，柔繼續聊天，恰好遮掩自己的慌張。

「結果你知道嗎？老闆他竟然問我想不想打工，沒頭沒腦，我還以為他要騙我去柬埔寨啊！」

安仍舊保持禮貌性回答：「哇這樣子啊。」

「來，你的咖啡好了。」

「好，謝謝。」

「我還在學習，如果不好喝跟我說。」柔雙手撐住平臺，上半身越過櫃檯，向安離去的背影說道。

＊

柔有一雙清澈的眼睛，帶有一種從未被徬徨傷害過的樣貌，那是安渴望卻未曾擁有的眼神。安自此記住柔的班表，每次都在沒有客人的時候出現。

「一樣熱美式，內用嗎？」安一踏進店門，便傳來柔爽朗的聲音。

「對，謝謝。」

「我們最近跟附近的甜點師合作，要不要嚐嚐看這個杏仁脆片？」

安思考要如何措辭，因為上次的司康吃起來有點奇怪。

「老闆烘焙課的老師好像是個厲害的點心師傅，所以老闆決定直接跟他們合作。」看出安的猶豫，柔繼續解釋著。

「上次的司康好像沒烤熟，真是不好意思，杏仁脆片就當作老闆請的。」柔把包裝好的杏仁脆片直接塞進安手中，輕碰到她的手掌。
「好的，謝謝。」

＊

「熱美式，內用！」柔親切的喊著。
這次是直述句，不是提問，她認得我，安在心中想著。
「是的，謝謝。」
「對了~我最近學會拉花，下次你點拿鐵，我用給你看。」
「恭喜，我下次會點拿鐵。」
「太好了。」柔的眼神流露出掩藏不住的笑意。
這間店開到晚上九點，安加點了一杯拿鐵並待到歇業。
將最後一袋垃圾扔進子母車後，柔大聲喊出：「好球！」
沒發現垃圾袋其實破了一個洞，沿著軌跡拉了好多碎屑。
「你的眼睛都在看哪裡啊……」安的動作比聲音快，說完這句話的同時，已經將殘跡清理好。

「你要……」柔停頓，「去我家看貓後空翻嗎？」

那是安第一次跟柔過夜，有點生疏、有點不知所措，Shiro如同往常消失無蹤，黏人的Kuro整晚蜷縮在床腳邊，微微抬起一隻前爪，輕輕舔起，從前腳開始，右腳、左腳，接著轉動身體，彎起背部，從腹部到側身，偶爾停下來輕咬幾下，這次沒有噴嚏，全程屏氣凝神。當舌尖滑過後腿與尾巴時，Kuro會瞇起眼睛，陶醉在這場自我梳理的儀式中，最後，她伸展四肢，抖動一下身體，舔舔鼻尖，然後舒服的蜷起身體，此時Shiro靜靜的出現，兩貓相互依偎著睡去。

*

安說天天吃外賣有點膩，柔開始練習做菜。早餐後王阿姨會出現幫兩隻貓讀報，安跟柔則會去逛市場，王阿姨不介意多個房客，笑笑說多個人付房租、多個人陪貓，有何不好。

王阿姨家附近的市場夾在老式公寓之間，是條S型彎曲的馬路，菜販在前端、肉販在中間、蛋商則在尾端。市場很大，頭與尾是不同條街道。

安從來沒有逛過市場，看著柔嫻熟的邊騎車、邊買菜。遇到想買的食材，柔便放下雙腳、伸長手臂、拿菜、遞錢，如同市場中婆媽的一員，柔知道各種折扣的時刻、也知曉何時會買到最新鮮的食材。市場中，安最喜歡的商品就是花，在市場唯一會買的也是花。

安說過客廳茶几的位置是財位，要放一盆花，後來安在餐桌上也放了一盆，她說那是「快樂位」，要放梔子花，花語是守候一生，然後安自顧自的笑了，笑的很燦爛。柔喜歡叫它雞蛋花，她認為所謂一生，其實就是平淡度過每一天。

*

安離開的第三個月，柔變回獨自逛逛市場，卻仍會買花，放在同個位置。安留下來的衣服，柔都裝進密封袋，放在櫃子的最深處，買了她喜歡的洗衣精、洗髮精、牙膏，用自己的方式保留著安。

安喜歡喝咖啡，柔買了一堆用具，但她始終沒有學會拉花，餐桌旁放了座架子，擺放著電子秤、磨豆機、濾壺、濾紙、咖啡豆等。安說，手沖咖啡最重要的就是精準，包含豆子的重量與磨豆機的刻度，以及咖啡粉的重量要搭配適當的水量。但她卻沒有計算出她與她的水量。

＊

柔離開的三個月，安在職場也待滿三個月，久違的失眠再度襲來，安打開窗戶，點起一根菸。頂樓加蓋的好處，當煙霧飄到空中，也不會有人抗議。

忽然聽到喵喵聲，安往下一望，是貓女。

這是離開柔之後，她第一次看到貓女，女人將嬰兒車停在大門口，對著空無一人的方向說道：「你什麼時候要回來？」停頓，「這麼久……」停頓，「我們很想你」停頓，「我很想你」。

嬰兒車忽然發出喵喵的聲音，是幼貓，不是嬰兒，安很確定，因為柔很喜歡貓。

「啊！」菸燙到安的手，女人被聲音吸引，抬頭說道：「不要吵。」

然後握住嬰兒車的手把，離開公寓大門。

舞臺劇劇本

首獎
夏琳
直到向日葵盛開

評審獎
劉泓億
誰家的阿公會在告別式上復活啊！

佳作
朱昕辰
人工情慾兩重奏

舞臺劇劇本　總評摘要

羅仕龍老師

仕龍老師認為，劇本創作在校園裡頭，接觸的機會不是那麼多。一位創作者在剛起步創作的時候，大多都是從其他文類如詩、散文開始，過了一段時間嘗試寫小說，劇本通常都是好晚才開始的，所以不容易去掌握，再加上若缺乏一些實務經驗的話。所以，所有有在創作劇本的同學，都是該被好好呵護的秧苗，但同時，又不得不去點出作品裡還需要改進的地方。

「創作取材自日常生活」，仕龍老師表示，這句話看似正確，卻有它矛盾的地方。如果一部作品標明「取材日常生活」，而內容都是觀眾日常會碰到的事，那這樣觀眾還會有興趣嗎？以及，創作初期都是要以自身熟悉的事物出發，但在競賽場合上，需要考慮的點就不只這些。在評審場合，如果作品沒有太強烈的故事性，老師會花較多注意力看文字的構成、語言的運用、意象的技巧，以及是否能夠很精準且寫實地去掌握某些東西。

更細部說，在創作中角色對話的銜接是否足夠有力道，以及在撰寫自己熟悉的題材時，是否因為自己太過熟悉，而讓內容流於平淡。仕龍老師舉〈暗戀桃花源〉

為例子——每個人都有自己很看重的事物，但這些事物在旁人眼中，可能只是一場玩笑罷了。

最後，仕龍老師提出，因為自己手上只有文字的劇本，所以觀看作品時，都是以文字上的表現去思考的。因此，沒得獎的作品，不代表搬到舞臺上，不會有傑出的表現。

鍾欣志老師

欣志老師表示，自己看劇本時，多是思考作者的舞臺思維，也就是一同想像眼前劇本置於場上的樣態，並以此為評斷劇本的標準。之前曾經參與過第十六屆的評審工作，也就是紅樓文學獎剛剛設立劇本組不久，相較之下，本屆平均水準提高許多，相信是多年積累所發揮的正面效應。

欣志老師提到，對當代導演來說，任何文本都可以變成精彩好看的舞臺作品。那這就產生一個問題：既然如此，為什麼還要寫劇本？一個事實是，不管再小眾，都還是有一群人是劇本的死忠讀者，對劇作家在作品裡設想的舞臺可能性充滿好奇，並且，劇場既是集體藝術，劇本仍舊是所有參與者的合作基礎。欣志老師以工程圖舉例：把工程藍圖畫好後，不代表把圖帶到工地後就只能一五一十地照圖做，中間可能會有一些修改，因為在寫劇本的時候，或許難以預判演出面對的實際情形，但之所以還需要藍圖，是因為藍圖本身依然有很多必須詳細推敲之處。

關於舞臺思維，欣志老師表示，讀本時會仔細閱讀作者寫的所有舞臺指示，而不只是臺詞而已。老師提到，舞臺劇劇本裡的舞臺指示很重要，時代越往後的劇本舞臺指示越重要，哪怕只是「停頓」二字，都需要讀者或觀眾去細細思考此處為何停頓。劇作家墊好的基礎越穩，在舞臺上蓋出來的房子就會越吸引人。本屆稿件有些舞臺指示很容易看著看著就發現前後邏輯難以銜接，或者走位亂掉了，或者前後頁不連貫。欣志老師認為，舞臺指示與臺詞的關係都要合理、成立，才是一部真正優秀的舞臺劇劇本。

汪俊彥老師

鍾欣志老師

羅仕龍老師

最後，欣志老師提到，相較於劇本獎徵稿的其他文類，我們的劇本教育是頗為欠缺，希望大家可以多讀劇本，一起墊高整體戲劇環境的水準。

汪俊彥老師

俊彥老師首先稱讚這屆的劇本作品，對劇場的敏銳度比過往好。接著說明，任何事物都可以演，但可以演不一定是好劇本，所以，不是任何可以演出的文字，都能算得上劇本，尤其在文學獎的脈絡之中。文學獎的屬性對於文字的掌握度、形式與結構，概念核心的掌握等，都有更多的期待。雖然即便以上這些都沒做到，依然可能會成為精彩的演出，但或許就不會是好的劇本。因此，創作劇本，需要精心構思，並從文本中找出最好的表現方式。

接著，俊彥老師提到了「創作不是某種無邊際的自由」，凡是保持著「我想寫什麼就寫什麼，想讓它去哪裡就去哪裡」的創作，很容易成為作者個人的一廂情願。「找到限制了以後，才能找到自由」，是前輩作家阿城與朱天文等，都曾對創作所下的註腳。

因此，在創作的時候，必須要認知到限制。劇場最直接的限制在於空間與時間。創作者要思考的是，在這樣一個限定的舞臺空間和有限的表演時間中，如何讓一切都變得合理，可以說服人。所以，不是「我想要怎樣就怎樣」，而是「我要達成怎樣，所以我要去怎樣」。

首獎／夏琳
直到向日葵盛開

個人簡介

終於要畢業了，好耶。

出生三個月就在天上飛，媽媽眼中的기집애。

無論何時何地，想一直一直寫下去。

得獎感言

獻給우리엄마、할머니。

謝謝在芬蘭遇見的所有人。晚上十一點的日落、夜間十五分鐘的雪路，和在慕尼黑陪我散步、還讀不懂這段文字的你。

To Victor Haolong Zhou Jiang,

Oon todella iloinen että tapasin sinut. Olet minulle erittäin tärkeä.

直到向日葵盛開

（舞臺為旋轉式舞臺，布景為投影幕。燈亮。場上只有一位背對觀眾站立、約三十多歲的男子。一道夾雜電流的人聲與他對談）

人聲：（雜訊）這是安寧計畫開始前的最後確認。為了保障您的安全，如果時間到了，不論您正看著什麼、經歷著什麼，我們都必須強制您返回。這邊需要您簽字保證不追究。

男子：好。

（男子配合簽名的音效作無實物表演）

人聲：接下來，您將直接進入患者意識深處，您所經歷的也許是一段——（燈光與音效營造如夢似幻的效果）回憶、夢境、未能實現的遺憾，或是長期的習慣……患者病發後，做過哪些以前不會做的事？

男子：她喔……老是想往外跑，迷路了都講不聽。

人聲：了解。請您有心理準備，同樣的情形很可能再次發生。如果時間快到了，我們會以您設定的代號／

男子：／「向日葵」。

（布幕、燈光、音效表演，臺上開出一片向日葵花海。數秒後消失）

人聲：對，以「向日葵」提示您。針對以上的事項，您還有任何疑問嗎？

男子：她在裡面……會認得我嗎？

人聲：由於患者的記憶混亂，更大的可能性是她不認得，或是錯認您的身分。這部分我們無能為力。請您把握機會，陪她走過最後一段路。

男子：……謝謝。可以開始了。

（燈暗，男子下場，舞臺以順時針轉動。燈亮，一位年輕女子倒行著自右舞臺上）

女子：我要去找、去找……奇怪，怎麼想不起來了？

（女子抵達下舞臺中央後，配合舞臺旋轉速度，原地倒退走）

女子：這樣一直走，好像想起什麼了……（以聲光營造毛毛雨，女子作擋雨狀）。對了，我討厭在下雨的時候散步，那種渾身濕答答、黏膩膩，呼吸都是霉味的感覺，洗了澡也留在頭皮裡。

（以燈光在場上營造水窪，女子停下腳步。舞臺帶她轉動）

女子：不對，跟天氣無關。我討厭散步。沒有驚喜目的地，起點就是終點，移動只為了移動。

（女子被轉回原本站立的地方。她轉身，以逆時針方向前行）

女子：但我爸不是——

（燈光集中於女子。男子從左舞臺上，往上舞臺中央前進。女子在明、男子在暗，由於舞臺持續轉動，兩人朝著反方向原地行走，不曾交錯）

女子：每天晚上，他都要我陪他散步。從起點到終點，來回反覆，他一趟又一趟地跨越六十年。有時候，他會突然指著一條馬路／

男子：／（指向前方）你看那邊，填平以前是基隆河。

（以投影幕呈現臺北街景、聲光營造越下越大的雨）

男子：我和你大伯會沿著河賽跑，一路跑到菜市場的豬肉攤——現在也不在了——摸到豬肉攤的桌子才算贏。

女子：（四處找能躲雨的地方）喔。

男子：（指向另一邊）那裡啊，以前是很大一片田。你叔叔下課專門躲進去玩，還不小心看到情侶親嘴，齁，差點被打！在捷運還沒有蓋起來以前／

女子：／我又沒看過。走了啦。

男子：就是你沒看過，才跟你講……慢慢走啊，走那麼快幹麼？

女子：雨很大啦！

（女子越走越快，男子在陰影中，勉強跟上女子的速度）

女子：我爸散他記憶中的步，我散下雨或沒下雨的路。直到我爸過世，和我媽熬夜摺蓮花的那一晚，她說「你爸——」／

（男子完全跟不上女子的速度，停下腳步）

男子：／爸只是很想你。

（女子越走越慢）

男子：你還小的時候，我牽著你小小的手，一起散步回家。就連我跟你說，你看！轉角有一家加油站，你都會幫我歡呼……

女子：明明我就在這裡……為什麼還要想念一個不存在的我？

（旋轉舞臺停下，男子站立於舞臺陰影中，女子回頭，察覺有個人站在那裡）

女子：……爸？

（投影幕配合音效，變成人聲鼎沸的機場航廈。許多如影子般的無臉黑衣人拖著行李上場，人影交錯間，女子手上多了一個行李箱與機票）

女子：（回神）啊要來不及登機了！登機門——D1！

（女子拖著行李箱快步走。男子身處黑衣人中，先是困惑地試圖向黑衣人搭話，卻發現他們沒有臉。接著看見唯一有臉的女子，端詳一陣子後，以非常驚喜的表情、和身處陰影時完全不同的走路姿態前行，但不斷被場上黑衣人擋住去路。同時間，機場廣播響起）

機場廣播：Due to the unfortunate accident last Saturday／

男子：（比剛剛更年輕的嗓音）／媽！是你吧？

機場廣播：We will observe a moment of silence now.

女子：怎麼還遇到默哀！

（航廈內響起一陣長長的鳴笛聲，所有黑衣人站立於原地默哀。場上，只剩女子和跟著女子的男子在移動。旋轉舞臺緩慢地轉動，布景隨著女子走路而變化）

女子：Excuse me, D7……D6……我不想再想起來了！喪禮那晚就像這樣，大家靜靜地坐著想你，但我就想出去走一走，越走越想哭……

男子：媽——你又亂跑！

女子：我怎麼一走路就會想到你……D5……D4……D5……不對，我走反了嗎？

男子：行吧，這樣喊都不管用的話／

女子：／D6……我趕不上了！

男子：（超大聲）美女——

（旋轉舞臺停下。女子焦慮的狀態被打斷，回頭看見男子。航廈內響起一陣長長的鳴笛聲，所有黑衣人開始走動、陸續下場，女子的行李箱也被帶下場）

女子：你是……？

男子：都要這樣叫你才會理我！又不認得我啦？（脫下外套，想幫女子披上）穿我的吧。醫生說最後這個階段會怕冷，（環顧四周）每次你一冷，就想到留學／

女子：（掙脫）不用！我快趕不上——下雪了？

（雪花自臺上飄落，投影幕上的機場航廈漸變為西歐老城街區景象，但一些建築模糊不清。女子怕冷，猶豫過後一邊穿上外套，一邊四處打量）

男子：媽，別緊張，你聽我說。我們在你的意識裡。

女子：我的意識……？

男子：對，記得外公過世之後，你去哪裡留學嗎？

女子：慕尼黑——啊！我根本沒錯過那班飛機！是我壓力大才會做的惡夢！所以……我

男子：還在夢裡？還有兒子？

男子：（苦笑）我就想說你怎麼看起來那麼年輕，果然只記得年輕的事。想不起來就……算了。只是……都到最後了，想陪你散散步。這裡是你在慕尼黑最常走的路嗎？

（旋轉舞臺開始轉動，兩人在舞臺上原地前行。布景隨著女子的回憶變化，從慕尼黑街景到博物館內部長廊）

女子：好像是……我記得那陣子烏俄戰爭，宿舍冬天的暖氣很弱、我又不想唸理論，就從植物園一路走，一直到老繪畫陳列館。博物館有免費的暖氣、廁所和水，我一待就是一整天。

男子：你把我忘了都不會忘掉要蹭免錢……

女子：我是乞丐戰士！

男子：聽不懂啦。還記得你在博物館裡幹麼嗎？你很愛跟我講這段。

（旋轉舞臺停下。大小不一的畫框自舞臺上方垂吊而下，懸在半空中。女子看著空畫框，若有所思）

女子：我應該是看了很多很多畫，現在都忘記了。但那時候一直在想……怎麼樣才不會忘記一個人。

男子：你是從人像畫開始的吧？

（男子站到空畫框之後，擺出威嚴的姿態）

女子：對！你肩膀再聳高一點（男子配合）！就那樣！看著國王啊、侯爵們的肖像畫，我就想，他們便秘的臉長怎樣？

（男子瞬間擺出便祕臉）

女子：還有，看著公主或是皇后端莊優雅的儀態，想著——

（男子站到更大的畫框後，擺出屈膝禮並對女子拋媚眼）

女子：不小心放屁怎麼辦？

男子：（自己做音效）噗——

女子：（大笑）你好厲害！

男子：從小被你訓練出來的。之後你不是看了一幅很喜歡的、有熱氣球的畫？

女子：對，有個匈牙利畫家，畫了他的姐夫坐上匈牙利第一顆熱氣球。

（投影對準一個畫框，放Szinyei Merse, Pál 的The Balloon，但中央的熱氣球裡沒有人。男子走入畫框，從畫框後拿出一件西裝外套、披在身上）

男子：我！是匈牙利北方的貴族侯爵！從小精通天文、繪畫和攝影，遊歷過世界各地，去到了遙遠的日本，還在當地娶妻！如今，我準備乘上這顆熱氣球，與親愛的你們告別。

（男子抽出西裝外套的白色口袋巾，向女子揮舞。畫框緩緩升高，男子跟著踮起腳尖）

女子：（忍笑）你知道這位偉大的侯爵後來怎麼樣嗎？

男子：（還在踮腳尖）後面忘了……

女子：他花光家產後，乾脆掏出手槍、對準自己的腦袋——「碰」！

（音效配合發出槍響。男子嚇到，踮著腳尖站不

穩、脫去西裝，跌出畫框外）

男子：死了？

女子：死了！我在這幅畫前看了好久。那些想以最高貴的姿態被記得的貴族們，現在我一個都想不起來。但這寧可自殺也不要窮活的貴族，我怎麼都忘不掉。也是那一天，我突然理解了我爸為什麼要我天天陪他散步。

男子：為什麼？

女子：他想讓我看他看過的風景、想要變成糟老頭、變成我媽口中的死老頭後，還有我記得，他曾經年輕到沿著河和大伯賽跑，還贏了——如果只有他記得了，不是很孤單嗎？

男子：……是啊。會很孤單。

女子：所以，我開始天天在這一帶散步——不只是為了暖氣和廁所了。如果我一直走，就會在這座陳列館裡遇到更多人；遇到更多人，就會有更多人記得這個散步儀式／

男子：／也許有一天，走著走著，就會想起你。

（女子驚訝地看著男子）

男子：你就是這樣讓我陪你散步的。後來呢？你不是還遇到很帥的船員？

女子：喔、對！有一天下午，我走到透納的畫前面發呆，一個很帥又很高的男生也一直看著那幅畫。展廳只有我們，於是他主動跟我說……

（投影對準另一個畫框，放Joseph Mallord William Turner的Shipwreck of the Minotaur，但船中央沒有人。男子走入畫框，從畫框後拿出一頂水手帽、戴在頭上）

男子：我是負責遠洋貨櫃船的水手，每次航程半年到一年，載的貨物也差非常多。

女子：這幅畫讓你想起什麼嗎？

男子：我遇過兩次暴風雨。不過，船上貨櫃如果沒有密封好就會爆開——但這不是我們的問題，合約上寫明了，我們只負責運送。所以，爆開來的一切貨物，船員可以拿走。

女子：全部拿走？

男子：全部！

（音效與聲光做出暴風雨效果，男子在畫框後面搖搖晃晃）

男子：第一次遇上暴風雨，我從第一道雷打下來就確定——這貨櫃肯定扛不住！於是我等著，就等風雨一過，立刻衝進貨櫃裡找點東西。

女子：你找到了什麼？

（男子從畫框後拿出兩支嶄新的手機，還在搖搖晃晃）

男子：最新款喔！我給家裡十幾個人全都拿了一支！

女子：天啊！那第二次呢？

（一道雷打下來，煙霧機製造白煙）

男子：咳、咳、咳！是整個貨櫃的殺蟲劑原料……

女子：好慘……

（男子脫下水手帽，走出畫框外）

男子：後來呢？你有告訴水手，你每天散步都是同一條路嗎？

女子：他說，「你都在陸地上了，幹麼那麼無聊」。反正，他肯定是對我印象深刻啦。在遇見水手的下一周，我還遇到了一個很酷的東德人——

（投影對準另一個畫框，放Willem Claeszoon Heda的Dessert Vanitas。男子走入畫框，從畫框後拿出一頂金色的雙馬尾假髮，戴在頭上）

女子：那個東德女生也是在附近唸大學。她原本是想和我借個網路，後來聊起來——她說，這幅畫讓她看了那麼久，是因為她爸爸媽媽都活過DDR時代，那個東德和蘇聯緊密連結的日子——

男子：（用假聲）你會知道車諾比核災嗎？

（場上打著詭異的綠光）

女子：知道啊！蘇聯統治下爆發的。

男子：（用假聲）對。當時東德還很聽蘇聯的話，因此消息全部都被封鎖，沒有人知道發生什麼事。直到隔天去了國家專賣的超市，突然多了好多種、平常看也沒看過的新鮮的蔬菜、水果／

女子：／該不會是沾了核輻射的？

男子：（用假聲）我父母對此一無所知，他們興高采烈地買了回家，享受了整整兩個禮拜的、被西方世界禁止的（用原本的聲音）新鮮蔬果。

（男子脫去假髮，站到畫框外）

男子：媽，怎麼你記這些人……就記得那麼清楚？

女子：我也搞不懂。好像這些人讓我感覺，我散步已經不只是為了抓住過去，而是發現好多新的事情／

男子：／那向日葵呢！

女子：向日葵？

男子：你忘掉我就算了、只記得年輕的事也沒關係……但是，都想起這座博物館了，你記不記得向日葵？

（男子看女子一臉迷茫，拉著女子走到一個懸空的畫框前）

男子：這裡有一個很漂亮的、裝滿向日葵的花瓶。

（投影對準空畫框，慢慢浮現出梵谷的Vase with Twelve Sunflowers）

男子：你一直看著那幅畫。直到有一天，有一個男生朝你走過來。高高的、瘦瘦的，然後舉起他手中的——

（男子從畫框後拿出一朵向日葵，女子愣愣地看著）

女子：向日葵……

男子：他說，他想拍一張照，一張假裝從梵谷的花瓶裡偷走向日葵的照片——然後他問你／

女子：／能不能幫我拿著這朵花？

（投影消失，女子看著空畫框發呆。男子看著手中的向日葵沉默。漸漸地，空畫框後浮現一位年邁阿嬤的臉。阿嬤與女子對視。女子困惑地摸著臉，阿嬤同樣困惑地摸著臉。女子伸出手想碰畫中人，阿嬤同樣伸手）

女子：這個人……是誰？

阿嬤：我翻開了日記本，在我還記得以前，要趕快寫下來。今天做了夢。在被年輕的月亮照亮的三叉路口處，遇見還很年輕的我自己。我好想她。

（阿嬤走出畫框，畫框升起至消失，投影幕一片黑暗，旋轉舞臺再次開始轉動。男子跟著女子、女子跟著阿嬤、阿嬤跟著男子）

男子：你失智之後，我每一天都在失去你。前天沒有一年內的記憶，昨天忘掉你跟爸周年紀念日，今天連三十歲以後，認識爸都忘掉了……我知道沒有奇蹟，我只是真的好想你。想再見你一面。

女子：我真的不記得了。

阿嬤：我說「洗澡澡」，你就會自動脫光光、站在浴缸前面，等著我走過來。你小小的手會環住我，說你洗澡前臭臭，但還是好愛我。

女子：我離臺灣那麼遠又那麼近。但我的記憶裡還是沒有找到。那個會陪我散步、幫我的花瓶換花、一起逛聖誕市集、用手環住我，說他好愛我的人。

男子：我好愛你。但是我長大以後，真的什麼都不記得了。

阿嬤：當你兩隻腳踩在我的手心上、當我說「手手」，你就攤開掌心給我檢查……

女子：摺蓮花的晚上，我媽說，「爸爸從很早以前」／

阿嬤：／我在很早很早以前，就失去過你／

男子：／你從很久之前／

男子：／就失去我了。只是我直到現在，才終於要失去你。

（阿嬤輕拍男子的肩，男子回頭，差一秒就能擁抱她。燈暗，阿嬤下場。燈亮，男子與女子坐在椅子上。投影幕呈現火車行駛當中，不斷變化的窗外景色）

男子：我們……這是在哪？

女子：回家的火車啊。

男子：抱歉，我不該逼你的……

女子：沒事，我也有點抱歉，什麼都沒想起來。

（男子沉默，意識到時間似乎快到了）

男子：你還有想逛哪裡嗎？

女子：我把最喜歡的博物館重新逛過一遍了，很滿足了。只是好遺憾喔，原來我後來結婚了，好想知道是什麼樣的人——

（火車行經隧道，場上燈轉暗。燈亮後，場上多出灑落的向日葵花瓣，女子消失，阿嬤坐在女子的位置上）

男子：爸是那種，就算你連我們都忘掉了，還是會說「她可以不記得，但我不能忘了買」，定期買向日葵、幫你換花的人。

阿嬤：哼，你爸就是靠這種小事追到我。

男子：你、你想起來了？他一直照著你說的話做啊——生活最重要的就是小事。

阿嬤：我就喜歡浪漫又不實用的東西嘛。以後來看我也要記得帶花，知道嗎？還有，你爸都會忘了丟廚餘，記得要提醒他，好不好？

男子：……他不在了。

阿嬤：啊？

（火車再次行經隧道，場上燈轉暗。燈亮後，三分之一的舞臺被盛開的向日葵覆蓋，阿嬤消失，

女子坐在原本的位置上）

男子：……我們都以為你會比他早走，結果是爸先離開了。爸說，你什麼都忘掉了，一定是世界上最緊張的人。所以每一天，都要讓你一眼看到很多很多的花——讓你看見你被愛著。這件事情，他不能讓你忘記。

女子：救命，太肉麻了吧——

男子：不記得這些了？

女子：不記得啊！但是他聽起來蠻帥的。

男子：你常常說我跟爸長得很像。

女子：（仔細端詳）嗯——是蠻帥的啦。

（火車再次行經隧道，場上燈轉暗。燈亮後，舞臺只剩一小部分未被向日葵淹沒，女子消失，阿嬤坐在女子的位置上。男子看著越來越多的向日葵，試圖將它們踢遠一點）

男子：媽，我的時間不多了。

阿嬤：是我的時間不多了啦。

男子：……你怎麼這種時候意識特別清楚。

阿嬤：從小到大，你要哭都是這個表情！你出去之後，不用太想我們啦。人生還不是就這樣過的。我們都很愛你。

男子：（忍哭）嗯。

阿嬤：還有，謝謝你大老遠跑進來，陪我散步。

（火車急煞，場上燈轉暗。燈亮後，火車停下，舞臺被向日葵填滿。阿嬤消失，一位女孩坐在阿嬤的位置上。男子愣愣地看著她）

男子：媽……？

女孩：（站起來）我到站了。

男子：到站？（跟著站起來）我、我送你。

（臺上響起車門打開的聲音。男子先是為女孩撥開一條道路，轉頭回去、蹲下，與女孩面對面）

女孩：我要回家了，去找爸爸媽媽。

男子：……我知道。

女孩：接下來的路你還不能跟來。

男子：……你可不可以不要走？

（小女孩捧住中年男子的臉）

女孩：我好開心，你平平安安地長大了——謝謝你的花。

（男子沉默地抱住女孩。一個漫長的擁抱之後，男子放手。小女孩走在男子為她撥開的道路上，一步一步往前，男子始終注視著她。女孩走到舞臺邊緣時，回頭，笑著對著男子揮手，男子也對她揮手，手裡緊緊捏著一束向日葵。燈暗，只有男子的聲音）

男子：在那之後，我也開始散步了。我一直走、到處走，還在找一條就算我不在場，光是閉著眼睛就能想像，對我來說最特別的路。

（燈亮，場上只有面對觀眾站立、手捧向日葵的男子）

男子：我今天，一路散步過來看你了。

（全劇終）

評審獎／劉泓億
誰家的阿公會在告別式上復活啊！

個人簡介

中二病尾期倒手拐仔，愛看人寫字、盤喙花，逐工為著食食（tsiah-sit）苦惱和快樂。

得獎感言

誠摯祈禱讀到這個不成熟作品時的讀者看到錯字或使人不適的對話時，不要睜一隻眼閉一隻眼……雙眼閉上，直接翻到下一個作品，感謝。

誰家的阿公會在告別式上復活啊！

角色說明：

大安：阿公死了，但在告別式上復活了。不過不知道為什麼，還是很後悔。

小安：一個不錯的聆聽者，扣掉搞笑欲望的話。

劇本：

（臺語臺詞以標楷體標示之）

（舞臺中央擺放一支立麥，燈光為白色，僅照在立麥周邊）

（跟著Van Halen "Ain't Talkin' 'bout Love"電吉他後出現的爵士鼓，小安小跑上，大安在其後正常步行速度上）

大安：唉。

小安：嗯？

大安：唉！

小安：在練肺活量嗎？

大安：唉～～～

小安：腳後跟、大小拇指球三角形踩穩，來，吸，吐，吸。

大安：唉。一點也不懂讀空氣。

小安：觀測塔回報，聞到生無可戀的味道了。

大安：我也聞到你白目的味道了。

小安：我哪知道你是在想什麼時候世界末日，抑是早上沒買早頓咧欲枵死。

大安：早餐沒買的話去買就好了啦。

小安：不然你最近有什麼煩惱嗎怎麼一直嘆氣，估計肺活量變超好。

大安：欠揍是不是，最近我發現生命中充滿了後悔。

小安：沒買到早餐真的不是很值得後悔的事情，你要看開一點。

大安：沒買早餐只是小事情，不需要後悔吧。

小安：不然，點了從來沒有點過的蘿蔔糕結果發現超級難吃？

大安：下次不要買就可以了。

小安：早餐店阿姨跟你說蔥抓餅加辣很好吃，結果辣到哭出來？

大安：離開早餐店的後悔啦！總是有一些不管怎樣都說不出來的話，對吧。

小安：「去死啦」之類的？

大安：那個是不可以講。

小安：你……阿嬤！芭樂！靈骨塔！苦力怕！

大安：侮辱的東西連想都不要有啦！而且苦力怕是什麼鬼啦，為什麼最後一個反而罵得不痛不癢？我要說的是，很想說一些事情，但沒有辦法說。

小安：「我想加薪」？「你腳超臭」？「在每句話後面都加上『你知道嗎』的人很欠扁」？

大安：都不是，更深沉的。

小安：上次跟高中同學打賭，講話的時候不可以包含你我他三個字，講一次罰十塊……

大安：才不是不能說出關鍵字遊戲咧。那種不會讓人難過好嗎。

小安：不然我們來玩一次看看，等一下的對話中不可以講你我他。

大安：不要已讀亂回啦。

小安：哪有，啊，哈哈，我先。

大安：你真的有一天會被打。

小安：那一次我被罰兩百塊超後悔的耶。八天份的蛋餅。

大安：誰會用蛋餅換算價值啊？而且這年頭還有二十五塊的蛋餅也太爽。

小安：就是金門街走進去直走，看到滷味攤馬上左轉之後看到一棵櫻花樹，開花的時候……

大安：時效性的地標？

小安：沒禮貌，櫻花樹沒開花就不是櫻花樹了嗎？

大安：好啦不需要把早餐店描述地跟桃花源一樣啦。

小安：二十五塊的蛋餅賠了八份超後悔的！

大安：絕對是你自己的問題，我才不會為了這種事情後悔咧。

小安：我知道了，每次爬山的時候，不是都會一直看地上，找一根最完美的樹枝嗎？

大安：找樹枝的意思是？

小安：就像是在水邊玩的時候也會想要找一顆最合手的石頭？

大安：其實不太懂。

小安：找到的時候會覺得自己是世界上最特別的人啊。欸你看這根樹枝超讚的對吧，嘿嘿這是我的！

大安：拿樹枝是什麼小朋友的共同語言嗎？

小安：而且可以學獅子王開頭抱辛巴那隻走路。

大安：山魈啦，聽起來你跟樹枝相親相愛很快樂，一點都沒有難過還是後悔。

小安：問題在後面，每次要回家的時候都一定要把樹枝跟石頭丟出去。

大安：為什麼？

小安：（唱）不願意一陣風吹過來　一陣風吹過去愛你／有誰人肯了解我的心　肯了解我的夢哀悲……

大安：唱什麼臺語老歌啦，你對樹枝只是單戀。

小安：雙向奔赴，丟回去就是，有借有還……再借……不難。

大安：那麼喜歡就不要猶豫直接帶回家。

小安：可是帶回家會被罵。

大安：那就不要帶回家。

小安：找到之後又要把它丟回去，很難過很後悔。不如一開始就不要找到那根樹枝。

大安：一開始就不要撿起來就好了。

小安：於是我與樹枝和石頭成為一種一期一會的關係。

大安：居然還推導出人生的哲理？

小安：找到了又要丟掉，就跟明明經過早餐店了卻還是沒有買早餐一樣，很後悔，很、美。

大安：離開早餐店！完全意義不明的後悔耶。

小安：不然你說的說不出來，是為什麼說不出來然後後悔？

大安：前幾天我阿公在告別式上整個人活起來的時候我也還是講不出來。

小安：等一下，什麼？

大安：就是，當他又出現在面前的時候，明明已經想好一定要說卻還是……

小安：等一下，你從頭講一次。

大安：前幾天？

小安：對對對。

大安：阿公在告別式上？

小安：對對對！

大安：活起來？

小安：對！為什麼！阿公不會有沒帶早餐的問題吧！

大安：他才不是你那種後悔咧。

小安：不然阿公為什麼會站起來？

大安：就，這樣站起來啊。哪有為什麼。

小安：正常的告別式不會出現任何站起來的情節喔！

大安：我看你好像不相信我的樣子耶。

小安：相信你自己，我一點也不相信。

大安：阿公站起來的時候，我們整個家族包括道長，每個人都站得直挺挺的啊。

小安：你阿公的告別式。

大安：對。

小安：阿公本人站起來是發生什麼事情，屍變啊？

大安：喔，那個不是重點。

小安：絕對是重點啊！

大安：你在大驚小怪什麼？

小安：你才在一臉平淡地講出超驚悚的事情。

大安：先把阿公活起來擺一邊，但看到他的時候，我發現我原本已經想好要對他講的話一句都講不出來。

小安：有人在自己面前復活，正常人一定是快嚇死吧。

大安：怎麼可能，他是我阿公耶，嚇到做什麼。

小安：是熟悉的家人沒有錯，但告別式都要把人送進去燒了耶。

大安：這個世界果然很神奇呢。

小安：不准用這種結論混過去，那你阿公活過來之後你們家有什麼反應？

大安：就，「啊……誠實閣來一擺矣。」

小安：ㄟ？

大安：這款代誌嘛毋干焦是這斗按呢爾爾。

小安：蛤？你的意思是講，這呢譀的代誌毋但是近前發生爾，以前嘛有發生過？

大安：是囉。阮兜親像咧考模擬考同款neh。

小安：你莫佮我唬爛！

大安：誠實的啦。

小安：那那那，這次你們怎麼處理？

大安：原本是想說之前怎麼做這次就怎麼做，反正應變SOP LINE群組記事本裡面都有。

小安：你們怎麼把告別式辦出地震演習的日常感的。

大安：但這次又有點不太一樣。不然也不會覺得後悔，還有遺憾了。

小安：那原本又是怎麼樣？

大安：阿公通常還不到做七就會自己站起來，跟死前一樣，說要吃飯要去廁所要睡覺。告別式現在都頭七一起辦，阿公這次第七天才起來。

小安：不管是哪一種聽起來都很驚悚。

大安：而且阿公一站起來就跟薩克斯風共演。

小安：共演？

大安：辦事會請Si-so-mi來啊，我們請的比較現代，比較像簡易的婚禮樂團，keyboard、電吉他、bass、薩克斯風、爵士鼓一組人這樣。

小安：畢竟也是二十一世紀了嘛，而且隨當事人喜好比較重要。

大安：差不多禮成的時候，薩克斯風手從靈堂旁邊走到阿公的魂身前面，solo陳雷的〈往事就是我的安慰〉。

小安：代表在世的所有人跟他道別的感覺？

大安：這樣說也行，但主要是這首是阿公主題曲。

小安：那阿公共演是說他就在那個時間點……

大安：嘿對，就在要進副歌前，鼓手躂躂躂躂的時候，阿公就從靈堂旁邊家裡開門，還不知道哪來的有煙霧這樣，走出家門，走向樂隊，踩在拍點上唱「不願意一陣風吹過來　一陣風吹過去愛你／有誰人肯了解我的心　肯了解我的夢哀悲」。

小安：資訊量太大了。

大安：確實。來的人像我這麼淡定的基本上沒有。

小安：我就想說你這種反應絕對不正常。

大安：第三天沒有反應，我們就發訃聞出去了，換言之來的大部分親友團不知道這件事。

小安：親友團成員有？

大安：反正就是過年的某一天會出現在家裡來拜年而且問小孩一堆問題的那種，總共來了快一百個人吧。

小安：你阿公交陪這麼廣。

大安：鄉下家族嘛。人攏像風咧吹同款，來來去去。

小安：那他們看到阿公走出來開唱不就也快嚇死了。

大安：確實，原本他們要問我每年都要問一次的什麼大學讀哪裡讀什麼系以後要做什麼全部都吞回去了。

小安：你阿公太shocking了。

大安：所以每個人都站得直挺挺的嘛。

小安：那你那時候在做什麼？

大安：加入他們一起站得直挺挺的。

小安：這什麼場面。

大安：Circle of Life的另一種版本吧。

小安：還真的是反轉過來看的Circle of Life。

大安：行禮！（唱）It's the circle of life! And it moves us all!

小安：告別式才不是音樂劇咧。

大安：原本已經在想說這次要回他們什麼反正袂枵死之類的了。

小安：告別式你還有空想這種東西到底有沒有在意你阿公啊。

大安：很難過的時候不是反而會更容易想其他事情嗎？半夜坐車回家的時候，我都在想，老師們每次問同學「有沒有問題」或者「有沒有人要回答」，沒有人舉手的那段時間都在想什麼？

小安：就是在給同學思考的時間而已。

大安：不，我覺得老師是在等大家提出有趣的問題，其實那個有沒有問題是發動：這種講解方式好討厭，請問是怎麼講解的，的，的訊號。

小安：上課和學生玩大喜利？

大安：促進互動吧。

小安：老師想要促進的互動絕對不是這種。

大安：從上車開始想這件事情，想好的時候發現統聯已經開到臺中了。

小安：想太久了吧！

大安：難怪最後沒有人有問題。

小安：那你不是說有想要趁阿公還活著的時候對他說的話嗎？他過世了，怎麼辦？

大安：啪，沒了。

小安：裝什麼可愛，回答問題。

大安：如果你是我，你會怎麼辦？

小安：如果我是你……涼拌炒雞蛋？

大安：對吧。

小安：對你個大頭！

大安：還有，在客運上還想到另外一個問題，就是講話的時候如果用廟裡師父誦經的調子講話，對方會不會覺得法喜充滿。

小安：不要轉移話題。

大安：應該比較接近偷換概念吧，一般的語意表達被表達方式干擾……

小安：你佇阿公在生的時陣無佮伊講的話！

大安：就真正講袂出喙mah！

小安：到底是啥物秘密，一定愛藏佇腹內。

大安：昨昏……其實無食暗頓。

……

小安：請你會記得吃一咧。

大安：中晝，嘛無食。

小安：你攏袂感覺腹肚枵？

大安：無飽無枵。早頓……一杯燒茶。

小安：我覺得……你阿公應該不希望看到你因為他連飯都不吃。

大安：沒有啊只是忘記買而已。

小安：但現在好啦，阿公又回來了，你又有機會了。

大安：說到阿公，他唱就算了，唱完之後還問我們問題。

小安：喔！考考男！不對，考考阿公。阿公從火化場烤烤變成回家考考大家囉！

大安：他問我們，祭文上面都寫什麼？

小安：第一句就問這個，上面寫了什麼啊？

大安：不然你幫我聽聽看有沒有什麼不合適的地方。

（大安從口袋拿出一張紙）

小安：隨身帶著？

大安：現在傳下去大家一起讀，請讀一個逗號的長度就傳給下一位。

小安：直接讀就可以了。

大安：那我們一起看。

小安：朗讀出來！讓觀眾通靈上面寫了什麼嗎？

大安：講到通靈，那天的道長說他怎麼樣都通不到阿公的靈。

小安：這樣儀式還做得下去？

大安：我阿公狀況特殊嘛，就不用計較這種小細節了。

小安：有時候不只一個人在臺上也會感到很無助呢。

大安：心臟太弱了吧，撐著點。

小安：趕快讀啦不要拖時間。

大安：著急啥，你嘛欲赴啥物時辰mah？

小安：我還沒有要死，讀你的祭文。

大安：維。

小安：文言文？

大安：喂？喂？請問聽得到聲音嗎？

小安：請問叨位揣？敲鬼仔電話喔？

大安：欲乎阿公聽見無敲這線的愛敲佗一支才會通？

小安：你直接講他就聽得到了。

大安：就說我們家情況特殊！

小安：好啦！請繼續。

大安：宗花敏溝，一百一十四連，四頁四日，農曆歲次乙巳年三月初七之良辰。

小安：可以正常地讀嗎？

大安：去跟道長反應，人家八十八歲了耳朵不太好記得大聲一點。

小安：不需要模仿他！

大安：劉氏子孫備有鮮花素果，立於靈前悼念顯考劉公肇基，半部仔武當山北極殿總幹事，兼三十冬連續跋著九九八十一个聖桮的爐主。

小安：三十冬！

大安：個人懷疑伊有家己偷偷仔練過按怎博杯一定會出聖杯。

小安：毋免佇這種所在懷疑阿公吧。

大安：無差，這句我拄才現摻落去的。

小安：照這款思考彼个道長必然尚勢，喝啥出啥。

大安：莫怪道長逐禮拜三下暗攏咧耍十八仔！

小安：毋通烏白講話，讀你的祭文。

大安：溪埔邊高速公路跤兩分地做田人。

小安：做穡人。

大安：食酒仔。

小安：佮伊圇洗喔！

大安：這非常重要你恬恬。

小安：我若是阿公本人絕對佮你甍落。

大安：阿公本人有笑neh。

小安：煞袂記得阿公已經活過來矣，我感覺已經淡薄仔神經衰弱矣。

大安：一个阿祖、一个阿公、一个叔公、一个老爸、一个尪婿、一个公媽……

小安：公媽是對年過囥入去公媽牌才是祖先！

大安：無條件進位。

小安：這年頭只有快時尚沒有快公媽喔。

大安：之親情。恭讀哀章于靈前曰。

小安：終於正經了。

大安：不知道你什麼時候會聽到這段祭文，所以早安、午安、晚安。

小安：告別式都在早上，偷《楚門的世界》的哏超冗的。

大安：劉公肇基，生於歲次乙未陽月陽日，自幼隨父務農。尻川若是生物件，就行去坐佇石頭，涼涼仔較舒適。

小安：從小細節回顧生平的路線，有趣。

大安：細漢的時散赤，捌食過半冬以上的番薯簽，看著就煩，食老若是看到番薯簽，會直接起歹反桌。

小安：無必要受氣到這種程度吧？

大安：阿公本人表示番薯簽伊是食到看到就倒彈。

小安：都忘記主角本人就在你面前了。後面我來讀好了。

大安：這是我阿公的祭文，不是你爬山的時候撿的樹枝喔。

小安：能在被拜的本人讀祭文的機會，已經是要在山上撿到神器才追得上的等級囉。

大安：那你讀完馬上還來。

（大安將手上的紙張交給小安）

小安：講得好像這張紙是誰的書法真跡一樣。

大安：我的真跡啊。

小安：字醜死了這東西誰想要誰自己拿走。

大安：你怎麼可以跟阿公看到這張的反應一模一樣！

小安：醜死了難怪阿公叫你自己讀。

大安：要讀就趕快讀不然我拿回來。

小安：必須傳閱。麻煩幫我往左手邊傳到底就往後面一排。

大安：不准！你讀。

小安：切，小氣鬼。那就只有我才可以看這張祭文囉。你們，都，看，不，到！

大安：可以把祭文當成海邊撿的石頭玩你口味也是很重。

小安：才沒有，這張只會造成喜悅，還給你一點也不會有後悔。

大安：那你讀不讀！

小安：剛讀到番薯簽，繼續，食老了後學歹，和山頂的雄仔、毒神仔逐工食米酒頭配煙腸。

大安：阿公說，明明還有豬肝、豬心、肚腸、豆干、土豆。

小安：過五冬，雄仔生枉死，毒神仔中風，劉公家己續攤。

大安：悽慘仔啉，早仔食一晒，下斗一晒，暗食食飯飽閣一晒。

小安：閣過五冬，放屎出血，檢查發現是大腸癌第三期。

大安：照理講應該愛改酒矣，猶原是悽慘仔咧食。

小安：連鞭做化療，拖過兩冬。

大安：這時候旁邊的阿嬤頗有意見，他念了一句靜思語說：即使身體有病，仍應讓一切順其自然，不讓時光白白溜走。

小安：兩冬了後，腰子敗去，洗腰子。閣三冬，規組泌尿系統（pì-jiō-hē-thóng）壞去，開刀，提起來。

大安：阿嬤在旁邊說：人會痛苦，就是因為攏咧揣揣無的物件。

小安：那倒是說說阿公喝酒是在找什麼？

大安：你喝酒的時候在找什麼？

小安：走直線的能力。

大安：感覺呢？

小安：未知的感覺。

大安：不知道喔？

小安：我都喝到斷片。

大安：爛死了。你都喝多少？

小安：早餐店蘿蔔糕可以吃多少，我就可以喝多少。

大安：誰在用蘿蔔糕比喻啊？多少？

小安：一罐啤酒。

大安：傷少矣！細漢的時陣伊會搵一屑仔高粱佇我的喙唇頂懸，姦甲。阮阿公以早嘛是一手一手咧食，你按呢袂使lah。

小安：總算是改酒矣。時間咧過，癌嘛咧行，規身（sian）人愈（jú）來愈烏，沓沓仔勼起來，愈來愈瘦，瘦佮若像佛寺內面囥的老和尚屍體。

大安：彼當陣，阿嬤尚定講的話就是「我足想欲替你疼，無想欲看你佇遐痛苦」。

小安：後來，不只是洗腰子洗了食的牛肉湯和安素，洗腰子的時陣伊嘛愛注一種高蛋白的射，醫生講若無按呢，伊食落的營養攏總隨洗腰子作伙流出去，無效去。

大安：呔會攏寫破病的代誌？

小安：問你自己啊！

大安：剛剛那是阿公聽到這裡的回饋。

小安：講清楚啊。

大安：我阿公嗓門大，別怪他。

小安：可以先通知一下嗎？

大安：怎麼通知你？

小安：你就說，小安，等一下要轉達阿公那時說的話，別害怕。

大安：還沒看過讀祭文讀到需要加這麼多防備措施的。

小安：你阿公實在是太驚人了，上再多保險都不誇張。

大安：那從剛剛斷掉那一句接著讀。

小安：後來，不只是洗腰子洗了食落的牛肉湯和安素，洗腰子的時陣伊嘛愛注一種高蛋白的射，醫生講若無按呢，伊食落的營養攏總隨洗腰子作伙流出去，無效去。

大安：小安，阿公要罵人囉，別害怕。

小安：不害怕。

大安：呔會攏寫破病的代誌？

小安：各位，現在大安只是在模仿阿公在他面前講的話，他沒有想要兇你們的意思，但如果有冒犯到真的非常抱歉……

大安：只有你害怕。

小安：大家對你阿公的接受度好高。

大安：再來一次，後來，不只是洗腰子洗了食落的牛肉湯和安素，洗腰子的時陣伊嘛愛注一種高蛋白的射，醫生講若無按呢，伊食落的營養攏總隨洗腰子作伙流出去，無效去。小安，阿公要罵人囉，別害怕。

小安：不害怕。

大安：吠會攏寫破病的代誌？

小安：問你自己啊！

大安：為什麼還是這句反問啊！

小安：本能反應。

大安：請你控制你自己。

小安：直到最後，家裡都沒有請看護，老爸老媽輪流守在家裡，以備你的不時之需，想要大便、睡覺翻身，或者腹水堆積，肚子凸出，需要去醫院急診戳一根管子進去，把那些水，飽含你沒吸收進去的營養，吸出來到一個水桶裡，倒掉。媽每次都會line我，這次九百毫升，這次七百，這次一千二，這次其實沒有很多但肚子還是很凸，好在沒什麼狀況，應該只是便秘。

大安：阿嬤還在旁邊唸阿彌陀佛。

小安：老媽的日常充滿阿公的重量，搬上搬下，洗漱用餐，雖然是護士出身，但已經遠超一位正常的護士會有的工作量。同時承受厝邊頭尾的奇異的諷刺，當成無薪的傭人一樣使用。

大安：阿嬤還在旁邊唸阿彌陀佛。

小安：老爸的日常充滿阿公的重量，以及所有人的重量，營養品的開銷，一個月去掉零頭兩萬、急診費、洗腎中心費用、油錢，完全是已經是家裡經濟唯一重心。阿嬤不能指望，他賺的錢都送給被臺北公司炒魷魚，在家整天窩在房間的叔叔了。

大安：阿公、阿嬤一起哭了。

小安：哭什麼啊？

大安：因為餓了。

小安：沒飯吃嗎？你祭文裡沒寫他們還有番薯簽可以啃啊！
大安：被阿公聽到他絕對衝過來扁你一頓。
小安：爬起來？他不是已經在你面前罵過你了嗎？還是說他餓到爬不動，只好叫你幫他寫點菜，只剩下寫祭文那張紙？
大安：明天早上的早餐單傳下去要吃什麼各自填等等收錢喔！早上五點會把新鮮的香火給大家……我阿公的苦難史才不是早餐店菜單咧！
小安：祭文結尾是，我們會好好忘記你，請你趕快腳底抹油去投胎，桌上是最後一餐，嗚呼哀哉，尚饗。
大安：結果你也在亂念嘛。
小安：全部都是你寫的詞啊！祭文可以這樣寫抱怨文嗎？而且好破碎，其實滿爛的。
大安：那你說為什麼不行？
小安：祭文要莊重啊。你怎麼還有心情裝傻啊？

大安：畢竟不意外，已經有賴群記事本的經驗在前。
小安：對，但我總覺得，少了點什麼，看起來這篇已經把你想講的都講完了，沒有遺憾了吧？
大安：但這篇根本沒在告別式上念啊。
小安：對，是在你阿公本人面前讀的，我接受了。
大安：我的意思是說，根本沒有這件事情。
小安：蛤？
大安：不是，你想想，到底誰家會有人在告別式上復活啦！
小安：從頭到尾都是你在講你阿公啊！你想要對阿公說但最後沒有說的話到底是什麼？
大安：我是全家唯一看過他偷喝米酒的人。
小安：每次做完洗腎回家，他都會躲在廁所偷喝一口。

大安：醫生不是說絕對不能喝酒嗎？

小安：對，所以他每次都很小心，每次只喝一小口，藏在馬桶水箱後面。

大安：有一次我剛好要上廁所，撞見他。他看到我，就說：「阿孫，你毋通佮你爸媽講，阿公欲死矣，沒這一口，活袂下去。」

小安：你不阻止他？

大安：我把風。

小安：你這個孫子也太不像話了吧！

大安：看他喝完那一口的表情……真的很幸福。就一小口而已，有差嗎？

小安：心情不知道，但他的肝如果會說話絕對詛咒你到死。

大安：但我小時候，曾經寫了一張一張寫著全家人名字、手機號碼、加上一行「阿公不要再ㄏㄜ ㄐㄧㄡˇ了」，喝酒是注音的，小貼紙。

小安：所以你阿公到底有沒有活過來？

大安：結果變成你覺得有可能了嗎？

小安：這個世界真的很奇妙呢。走啦去爬山撿樹枝！

大安：累死了你自己去。

小安：早餐吃飽一點啊，記得不要吃那家早餐店的蘿蔔糕……

大安：回到原點了啦，夠了你！

（劇終）

佳作／朱昕辰
人工情慾兩重奏

個人簡介

新加坡國立大學戲劇研究文學碩士。現為政治大學傳播學院博士候選人與臺灣大學戲劇學研究生，研究方向為情慾電影和性／別研究。新加坡編劇協會會員，新加坡「眾觀」劇評平臺成員，愛丁堡大學Screening Sex Network社群成員。

得獎感言

感謝評審。這齣劇是一次冒險的創作旅程。它挑釁我們的「真誠情感」想像：在AI全面滲透的近未來，當身心感受被數據建模、肌膚之親被演算法玩弄，我們的情慾探索已解構為多重扮演的實驗，我們會獲得怎樣的快感？

此劇前年完成，落選於數次劇本競賽。而今，我感謝評審們慧眼識珠，看到它的美妙、激情與掙扎。這份理解與肯定，無比珍貴。

人工情慾兩重奏

時間：二〇三〇年左右

地點：一個媒體、出版和實際的男女情趣生活都較為開放的社會

人物：

A：演員，女性，三十歲，又飾演莉莉絲。

B：演員，男性，三十五歲，又飾演亞當。

路希珐2.0：模樣二十三歲，小鮮肉模樣的情趣機器人，高仿真度，又飾演機器人「路希珐」。

第一幕

【幕啟時，我們看到臺上是一個典型的舞臺劇社的排練場地，有許許多多的各種顏色的方塊盒散亂地擺著。排練場有一張桌子，桌子上擺著一位男士「路希珐」先生的黑白遺照的相框，他穿著西服，繫著領帶，打扮正式。當然，在桌子上還有一些藥盒與藥片以及幾本書。另外，這場地還有若干凳子，舞臺一側還有一張單人床。】

【窗戶是開著的，日光透進來。】

【舞臺的後方有一扇門，門緊鎖著，但觀眾可以看到門的後面是否有人。】

【燈亮，觀眾看見一位男士B，他飾演亞當，戴著面具，穿著異樣，正躺在那張單人床上。】

【一位女士A上場，她飾演莉莉絲，一樣戴著面具，穿著異樣。她走向排練場的門後，用鑰匙開門鎖，門開，她見到亞當，大吃一驚。】

A（飾莉莉絲）：你怎麼進來的？

B（飾亞當）：親愛的，你忘記把鑰匙拔出來了。

【亞當對著莉莉絲搖了搖手中的鑰匙。】

B（飾亞當）：還好我早早發現了。

A（飾莉莉絲）：請你起來，這是我的床！

【亞當起身，下床。他拿起路希珐的遺照。】

B（飾亞當）：我告訴你，我今天上午剛剛收到一封電郵，是你男人寄給我的。

A（飾莉莉絲）：誰？

B（飾亞當）：還有哪個呢？

【亞當撫摸著路希珐的遺照。】

A（飾莉莉絲）：你又在瞎掰。

B（飾亞當）：他錯發到我信箱，我想應該是他活著的時候設定的，今天才發送的，說什麼他在離開這個世界之前還有一件事情忘記和你說了……（亞當揮舞手機）你想看嗎？……算了，你肯定也收到了，那當我沒說（亞當放下路希珐的遺照，穿上外套，欲出門）掰……

A（飾莉莉絲）：等一下！亞當……

B（飾亞當）：怎麼了？我的莉莉絲小姐。

A（飾莉莉絲）：我想……

【莉莉絲說著就走向亞當，打算搶奪手機，卻反而被亞當巧妙地摟住莉莉絲的腰，兩人舉動親密。】

B（飾亞當）：哦，我的寶貝，其實也沒什麼好看啦，他只是說，他很感謝你一直以來的幫忙，感謝你在他寫不出任何字的時候，代他完成了——某些作品，比如說《AI男妓系列》。

A（**飾莉莉絲**）：哦……真的嗎？

【莉莉絲撫摸亞當的胸前的衣服。】

A（**飾莉莉絲**）：哈哈，好好笑，這不像他的語言風格。

B（**飾亞當**）：像不像，由你決定嗎？我的寶貝，你記不記得，一年前，就在這裡，你忽然抱住我說：「哦來吧，痛痛快快地來一次」，然後我就再也忘不掉了你的笑聲和味道了！我還記得那段時間，他好像不住這裡，你告訴我，他是去了山裡寫書。你說他天天空想一年內可以連著寫了五部小說，然後把它們取名為《AI男妓系列》。我就覺得怪了，為什麼這個系列的內容就好像一臺攝影機，在背後盯著我們的肉體看呢?!原來都是你在寫哦！

【亞當忽然親吻莉莉絲的脖子，莉莉絲猝不及防。】

A（**飾莉莉絲**）：隨你怎麼說，我無可奉告。

B（**飾亞當**）：我的寶貝，我們很容易相信死人說的話——比如哈姆雷特就相信了他父親的話……如果路希珐的訊息也傳給那些狗仔隊……哦，那個《平平夜報》會擬出什麼標題呢？或許可以叫「文壇醜聞：知名作家遺孀代筆情色文學」？

A（**飾莉莉絲**）：那更好啊，這樣我就有《AI男妓》系列的署名權了！還有智慧財產權！

B（**飾亞當**）：那你還在拖什麼呢？要知道全世界寂寞的讀者都在渴望你的回憶錄呢……也包括我……

【亞當又想親吻莉莉絲，這次卻被莉莉絲回絕。】

A**（飾莉莉絲）**：我不懂你在說什麼！

B**（飾亞當）**：《AI男妓系列的第六季：虛境試愛》這部作品你打算什麼時候寫完呢？這樣夠清楚了嗎？我的寶貝！

A**（飾莉莉絲）**：我早就說過了，我需要時間處理。

B**（飾亞當）**：是嗎？那我們之間是不是也需要時間處理呢？

【亞當又抱住莉莉絲，莉莉絲沒有拒絕。】

A**（飾莉莉絲）**：你逼我也沒有用，寫不出來，就是寫不出來。

B**（飾亞當）**：那我來陪你寫，好不好？

【莉莉絲拿起路希珐的遺照。】

A**（飾莉莉絲）**：對不起，路希珐的葬禮還沒過一個月呢！

B**（飾亞當）**：那你就更應該經常叫我來啊。讓他的亡魂知道一下不管他在不在這個世界上，你都一樣有樂趣，一樣有人陪，一樣有人可以讓你性高潮，也一樣可以寫作，（亞當又湊近莉莉絲，打算撫摸她的面頰）對不對？

A**（飾莉莉絲）**：（莉莉絲抗拒亞當的手）我不想再寫那些了，我想做一些改變！

B**（飾亞當）**：你覺得你會有什麼改變？你覺得讀者會希望你做出什麼樣的改變？別鬧了！我的寶貝。既然前五季都是你寫的，那第六季你幹嘛不寫下去呢？而且，更重要的是，我們之間的故事也還沒有寫完哦，你還沒寫到我的高潮哦！

A**（飾莉莉絲）**：你放一百個心，我就算寫，也不會再寫你那些鳥事！

B（飾亞當）：（怒）鳥事？你說我們之間是鳥事！那你和路希珐之間又是什麼鳥事？

A（飾莉莉絲）：我要寫什麼那是我的事！

B（飾亞當）：好！你的事，那你幹嘛要tag我？

A（飾莉莉絲）：你在說什麼？

B（飾亞當）：寶貝，你是選擇性失憶嗎？十月十日那天上午的事，你這麼快就忘了？

A（飾莉莉絲）：到底是什麼事？

B（飾亞當）：（怒）你裝，你繼續裝！

A（飾莉莉絲）：到底是什麼事？你講清楚啊！

【亞當拿出手機，滑動頁面。】

B（飾亞當）：你自己看看！

【莉莉絲接過亞當的手機，滑動頁面。】

B（飾亞當）：你看到了吧？他竟然在完全沒有知會我這個作家經紀人的情況下，突然po文說你和他會一起完成《AI男妓系列的第六季》。更離譜的是，他還把小說內容給po出來了！你看這裏「機器人愛麗私第一次性高潮以後，看見了整個宇宙的意義完全進入黑洞之中，愛麗私就打算一躍而下，從此進入虛空的黑洞世界以完成自我，而沒有想到那對於人類來說就是跳樓自盡！也許我就是愛麗私，永別了，我的朋友」你還點了讚！還tag我！

A（飾莉莉絲）：Sorry，這件事我真的記不清了！

B（飾亞當）：我可是一輩子都忘不了，才幾分鐘之後，《平平夜報》的網站就第一時間發佈了他跳樓的死訊，還有他腦漿爆裂的照片！你們到底在玩什麼把戲？

A（飾莉莉絲）：我怎麼會知道他的事情！

B（**飾亞當**）：那你幹嘛點讚？

A（**飾莉莉絲**）：因為那天他第一次……

B（**飾亞當**）：什麼？

A（**飾莉莉絲**）：沒……沒什麼！

B（**飾亞當**）：你剛才說他第一次什麼……

A（**飾莉莉絲**）：沒什麼！

B（**飾亞當**）：第一次把你給幹了是嗎！

A（**飾莉莉絲**）：（怒）你自己用腦子想想吧！要是那樣，他就不會去跳樓了！

【兩人沉默片刻。】

A（**飾莉莉絲**）：好吧……這也沒有什麼，告訴你吧，之前他在FB上的訊息都是我po的！

B（**飾亞當**）：什麼？那這條……

A（**飾莉莉絲**）：只有這條是他發的……所以我才點了讚！

B（**飾亞當**）：幹！那你為什麼要tag我！

A（**飾莉莉絲**）：那是他tag的！

B（**飾亞當**）：誰？

A（**飾莉莉絲**）：路希玹！

B（**飾亞當**）：你們在搞什麼？

A（**飾莉莉絲**）：這沒有什麼，夫妻之間互相使用對方的FB很奇怪嗎？

B（**飾亞當**）：你們……（頓）……那……我們的那些照片!?還有影片！

A（**飾莉莉絲**）：什麼？

B（**飾亞當**）：不是……等一下……

A（**飾莉莉絲**）：什麼？你在說什麼？

B（**飾亞當**）：瘋了！你不知道那幾次我一直傳給你我和你的那些裸照還有我們的在床上的那些照片！

A（**飾莉莉絲**）：什麼？這我完全不知道，你發到哪裡了？

B（**飾亞當**）：你的FB！

A（飾莉莉絲）：什麼時候的事情？

B（飾亞當）：就上上週，我一離開你房間，我就傳過去了！

A（飾莉莉絲）：天啊！你怎麼會在FB傳這種東西。

B（飾亞當）：我他媽怎麼知道你和路希琺互相用對方的FB？

A（飾莉莉絲）：幹！

B（飾亞當）：幹！

【兩人再次沉默。】

B（飾亞當）：媽的！你還有什麼事情瞞著我！

A（飾莉莉絲）：什麼？

B（飾亞當）：看來我他媽是一個大笨蛋！所以，我們FB對話的內容，路希琺都看到了？

A（飾莉莉絲）：對！就最近幾個禮拜而已。

B（飾亞當）：你瘋了吧！

A（飾莉莉絲）：亞當，這件事情，他從一開始就是同意的！

B（飾亞當）：可是我不同意啊！寶貝，你是在玩我嗎？

A（飾莉莉絲）：玩？那也是他先玩我的！

B（飾亞當）：到底怎麼回事？

A（飾莉莉絲）：你想聽嗎？你不是從來都沒有耐心聽我的故事嗎？

B（飾亞當）：好吧，我的寶貝，你要知道（聲音變軟）你太有魅力了，所以我每次都迫不及待，聽覺都已經失靈了。

A（飾莉莉絲）：那麼現在呢？

B（飾亞當）：我湊近你一點，就聽更清楚了，不是嗎？

A（飾莉莉絲）：（大聲說）你大概不會想到這幾年，我是怎麼活過來的！

B（飾亞當）：幹！你不要那麼大聲好吧！

A（飾莉莉絲）：那你就仔細給我聽好，就在這張床上，我已經記不清楚他到底做過多少次噩夢，每一次噩夢，他都在抽搐，然後就往我身上打，然後再抱住我像孩子一樣哭泣？也許是他發現了這種問題，就去另外一間房間了；從此我再也不知道他晚上都幾點回家，也許是我睡著的時候吧，誰知道呢？他這個人常常出門散步超過四個鐘頭，而且從來不用手機；有一次我是聽門衛說他一大早一個人不聲不響地拎著一包行李然後要偷渡到一個南太平洋的小島上去呼吸什麼新鮮空氣，那個門衛以為他在開玩笑，但實際上他真的失蹤了一個月，然後一大早回來吵醒我，歡欣雀躍地告訴我他好像又活過一次，從此就再也沒有和我做過愛！

【亞當拍起手來。】

B（飾亞當）：VERY GOOD！

A（飾莉莉絲）：什麼？

B（飾亞當）：我可憐的莉莉絲小姐，我聽你這麼說，我忽然有一個建議，能不能把你剛剛那些話寫到第六季的小說裡面去，然後擴展一下情節，你覺得怎麼樣？

A（飾莉莉絲）：什麼意思？

B（飾亞當）：沒什麼意思，因為你說你寫不下去，就給你一個建議！

A（飾莉莉絲）：亞當，你就這麼想了解我和他的私生活嗎？

B（飾亞當）：是啊，不止我想，我們的讀者也很想了解啊！

A（飾莉莉絲）：亞當，說實話吧，你的人生目標是不是就是想知道我和他是怎麼一回事？

【兩人沉默片刻。】

B（飾亞當）：你們有太多事情瞞著我了，我簡直就是他媽的大笨蛋！更何況你已經寫了十三頁的小說了……

A（飾莉莉絲）：那十三頁……不是我寫的……

B（飾亞當）：什麼？

A（飾莉莉絲）：這一次全都是他寫的……

B（飾亞當）：什麼！

A（飾莉莉絲）：那天下午，你第一次逼我知道你體液的味道！

B（飾亞當）：FUCK！你在說什麼！

A（飾莉莉絲）：你不會不記得吧？你說你第一次高潮！你這個死變態！

B（飾亞當）：你是說那天下午？

A（飾莉莉絲）：對！就是那次，你他媽還用皮帶抽我！你簡直瘋了！然後我就逃出來了，那天下午我一跑到家，就看見他的桌上放著他的手寫稿。

【莉莉絲從背包裡面拿出那手寫稿，亞當搶過手寫稿，讀起手寫稿。】

B（飾亞當）：「第一次性高潮以後，機器人愛麗私看見了整個宇宙的意義完全捲入黑洞之中，那黑洞的黑色之光，引誘著他，讓他著迷，他做了決定，打算一躍而下，從此進入虛空的黑洞世界以完成自我——題記」。哦，My God！（按頭）我做了什麼！

A（飾莉莉絲）：你做了你之前從來沒做過的鳥事！就好像同一時間的路希琺做過的一樣！

B（飾亞當）：媽的，你給我閉嘴吧！那是我有史以來的第一次高潮！我要把我的喜悅與你分享，我他媽把那天上午的整個過程發到你FB上了！幹！他一定全部看到了！（按頭）他一定是看了我的高潮，才他媽寫了這部小說，他媽的！……你居然……幹！你幹嘛要告訴我這些！

A（飾莉莉絲）：你在怪我嗎？那你……你們至少還都有他媽的「高潮」！而我他媽連「初潮」都沒有！

【停頓。空氣彷彿凝結。】

B（飾亞當）：你說什麼？

A（飾莉莉絲）：老實告訴你吧，那些叫聲都是我裝出來的！

B（飾亞當）：FUCK！

A（飾莉莉絲）：對不起，是你想聽我的事情的！我實話實說！

B（飾亞當）：（異常激動）OK……OK！你們給我玩這一齣！我他媽是你們的情趣玩具是吧？想玩就玩，想丟就丟？不行！我不會讓你們毀了我的高潮！（亞當對著照片，拿出那十三頁小說草稿）路希珐，你以為寫了十三頁的廢文就可以難倒我嗎？就可以毀掉我的高潮嗎？還有你，莉莉絲小姐，無論如何你要給我一個時間，一個交稿的時間，你不要再給我玩什麼把戲了，也不要給我什麼藉口，我要看到結果！

A（飾莉莉絲）：那你們繼續等啊！除非你們願意出版一本只有十三頁的書……

B（飾亞當）：我告訴你，作為一個有名的作家，他的這些稿件已經被曝光了，那些記者和無聊的讀者正滿懷期待地要見到這本書。你現在要做的就是把我的高潮他媽地給我寫出來！

A（飾莉莉絲）：呵呵！

B（飾亞當）：你笑什麼？

A（飾莉莉絲）：呵呵呵呵！

B（飾亞當）：媽的！我要他死了以後都要看到我的高潮！

【亞當整個人將莉莉絲按在床上。】

B（飾亞當）：哦！我的寶貝，你到底寫不寫？

A（飾莉莉絲）：這是什麼？

【莉莉絲從床下拿出一個竊聽器，坐起。】

B（飾亞當）：這……黑色的東西……

A（飾莉莉絲）：不要告訴我是什麼顏色的，我沒有色盲！

B（飾亞當）：那麼……我不知道……

【莉莉絲站起來，將竊聽器開啟，竊聽器播放出聲音：】

【聲音：

B（飾亞當）：哦！我的寶貝，你到底寫不寫？

A（飾莉莉絲）：這是什麼？

B（飾亞當）：這……黑色的東西……

A（飾莉莉絲）：不要告訴我是什麼顏色的，我沒有色盲！】

B（飾亞當）：……是哪個混蛋要竊聽我們的談話！

A（飾莉莉絲）：是你裝上去的吧？

B（飾亞當）：什麼？

A（飾莉莉絲）：亞當先生，合約解除了，請你走吧。

B（飾亞當）：好！如果合約解除，讀者立馬就會看見《平平夜報》上面的大標題：〈文壇醜聞：知名作家遺孀代筆情色文學〉。

A（飾莉莉絲）：代筆就代筆啊！

B（飾亞當）：那你不要逼我把我們的那些照片和影片公開出來！

A（飾莉莉絲）：那我會傳給你律師函！

B（飾亞當）：那更好！一旦進入司法程序，就有更多媒體關注了，到那時候，許多OTT平臺都可以看到那些了！哈哈哈！

【演員A忽然跳出劇情。】

A：（疑惑地）公開出來？司法程序？

【演員B也跳出劇情。】

B：（尷尬地）你在說什麼？

A：不對啊，這劇本有點怪怪的。

B：怪？有什麼怪？你專心一點好不好。

A：Sorry，就是一種感覺。

B：拜託，今天已經是第六次了，你每次排練到這個地方就會出問題，是要怎樣？

A：好，繼續吧。

【兩人又進入戲中。】

B（飾亞當）：那更好！一旦進入司法程序，就有更多媒體關注了，到那時候，許多OTT平臺都可以看到那些了！哈哈哈！

A（飾莉莉絲）：亞當，你要是這麼想寫，乾脆你來寫好了，你來寫你自己的高潮！

B（飾亞當）：好，這是你說的！我寫就我寫啊！光說不算，要有協議！

【這時，亞當從上衣口袋裡拿出一張折疊成肥皂大小的A4紙，攤開，給莉莉絲。】

A（飾莉莉絲）：原來你早就想寫了，怎麼不早說？

【莉莉絲從包裹拿出一把手槍，快速走到亞當的面前，並將手槍槍頭頂住亞當的襠部。】

B（飾亞當）：（嚇到）呃……

A（飾莉莉絲）：（笑著）別擔心，這只是玩具槍，要試試看嗎？

B（飾亞當）：這樣……不大好吧？

A（飾莉莉絲）：（笑著）先看看是玩具槍硬還是你的槍比較硬，然後我再簽名，如何？

B（飾亞當）：呃……這樣吧，要不然……我的寶貝，我們可以一起寫，如何？

A（飾莉莉絲）：要是我同意，你打算怎麼寫？

B（飾亞當）：當然是用一種男性的想法去寫！

A（飾莉莉絲）：男性的想法？真是好笑，你以為路希玹和你是一樣的男性嗎？

【莉莉絲把手槍移開，開始撫摸亞當的襠部。】

B（飾亞當）：你要做什麼？

A（飾莉莉絲）：沒有，我只是想聽你說具體的寫作計畫！

B（飾亞當）：嗯，後面的故事應該是這樣的：機器人愛麗私並沒有真的自殺，它只是進入了虛擬的幻想世界，它第一次的高潮也是它的驅動程式建構出來的，而我希望它還是有接觸現實世界的可能。你知道嗎？藉助VR，愛麗私第一次能夠和現實世界接觸，而後，它就會通過VR認識和敘述者「我」對話。

A（飾莉莉絲）：是一部BL羅曼史嗎？

B（飾亞當）：呃……為什麼是BL？

A（飾莉莉絲）：哦，沒什麼……你繼續說吧！

【亞當被撫摸地勃起了，他的襠部撐起來。】

B（**飾亞當**）：我是希望在故事後面會出現一個神秘女性，（盯著A看）她的樣子應該像你一樣總是讓我無法專心講話！最重要的是她將教育「愛麗私」一些有趣的男女情趣互動，然後這個神秘女性就消失了。而後呢，主人公因為是機器人，所以後來自己給自己做了手術，變成了一個和神秘女性長相一模一樣的女性，然後同樣去教敘述者「我」一些高深的情慾互動，在這個過程中，「愛麗私」和「我」同時真正達到他們的第一次高潮。

【亞當又打算撫摸莉莉絲。】

A（**飾莉莉絲**）：那個敘述者「我」是你自己吧？你這是要保持高潮的體驗？還是要彌補你不能給我的高潮？

【莉莉絲忽然用手槍的頭部擊打亞當的襠部，亞當痛地大叫。】

B（**飾亞當**）：啊！！

A（**飾莉莉絲**）：你完全誤解他的作品，就好像你過去誤解他生前所有的作品一樣！

B（**飾亞當**）：我他媽……我（捂住襠部，感到疼痛，掙扎著）為什麼要了解他的作品？

A（**飾莉莉絲**）：那你為什麼要改他的作品？

B（**飾亞當**）：什麼？

A（**飾莉莉絲**）：你不是每一部都做了手腳？

B（**飾亞當**）：媽的，因為他的很多小說太非主流了，如果銷量上不去，老闆會禁止我們出版！你應該感謝我！要是沒有我，他會成為暢銷作家嗎？你們會有這樣的豪華的大床可以睡嗎？更何況，他授權我們進行適當地修改！

A（**飾莉莉絲**）：適當地修改？（從桌上拿出

幾本書）這本《無影戀人》從第九頁開始就和他的手稿完全不一樣了，還有這本《不存在的捆綁》明明是寫一個精神病患者的臆想，而且涉及我們國家歷史上最恐怖的血腥統治，可是你為什麼讓它從四頁開始就變成了色情小說，重複的調情和性行為的描寫就好像你剛才做的一樣；還有這本《重複的情感實驗》，你是不是一直在電腦上不斷地複製和粘貼？從兩百零四頁開始，你就在Word軟體上將男女主人公的人名互換了一下，其餘內容和之前的完全一模一樣，這樣就變成一本四百零八頁的小說，而且還標注是什麼「後現代小說多聲部技法的經典之作」。

B（飾亞當）：拜託，那只是一種行銷策略！

【莉莉絲拿出一個麻繩綁住亞當的脖子。】

A（飾莉莉絲）：你自己讀一下你寫的文字！

B（飾亞當）：你要幹嘛？

A（飾莉莉絲）：讀啊！《不存在的捆綁》的第三百零四頁，這裏！

B（飾亞當）：「李教授讓江曉晴的右手中指粘著一塊陽具大小的蠟燭頭，點上了火。而李教授感覺自己好像一個藝術鑒賞家，在鑒賞著另一個自己。他清晰地感覺到江曉晴的蠟滴在他白色的胸脯上的快感弧線，精確得就像人體性交儀器測出來的，清晰地標出彼此的快感指數。一滴就是一點，九十九滴就是九十九點」。

A（飾莉莉絲）：你再來看看《重複的情感實驗》的兩百二十頁，讀啊！

B（飾亞當）：「林德明讓瑪麗莎的右手中指粘著一塊陽具大小的蠟燭頭，點上了火。而林德明感覺自己好像一個藝術鑒賞家，在鑒賞著另一個自己。他清晰地感覺到瑪麗莎的蠟滴在他白色的胸脯上的快感弧線……」

【莉莉絲忽然勒緊亞當，亞當被麻繩掐著大聲咳嗽。】

【莉莉絲再放開亞當。】

A（飾莉莉絲）：你毀了他，他生前沒有一部作品真正是他自己寫的，但是那些不知情的讀者還以為那就是他的水準！難怪他每次在發表作品以後那麼苦悶！難怪他後來再也寫不出一點東西，這一切都是因為你……你要為他的死負責！

B（飾亞當）：這是兩碼事，你不要把他的死和我牽扯進來，在這一點上你才應該負責，你不僅代他寫完《AI男妓系列》，還他媽找另外一個男人急切地上床！要不要我再提醒你：在他剛剛過世的時候，（亞當再次拿起路希琺的遺照）我一進門，你他媽就全身脫光光了！

【莉莉絲甩了亞當一巴掌。】

A（飾莉莉絲）：你這個騙子！

B（飾亞當）：到底誰才是騙子？

【亞當拿出桌上的竊聽器，播放莉莉絲曾經叫床的聲音，尖叫聲迴響在排練場。】

【莉莉絲聽不下去，從亞當手中奪走竊聽器，然後往地板砸，竊聽器碎裂，聲音突然消失。】

【空氣再次凝結。】

B（飾亞當）：那個……對了，我有一個好主意！要不然……要不然這一次是從機器人愛麗私的視角去寫，它就是敘述者「我」，讓它變成「小王」，一個第三者的視角！你不覺得這種「小王」的視角要比你那個被帶綠帽的老公的視角好看一百倍嗎？

【這時，演員A退出排練，不再飾演莉莉絲，進入沉思之中。】

A：小王？

B（飾亞當）：嗯？對啊，這不是很好嗎？我們把故事寫得更重口味一點，更內心黑暗一點，雖然路希珐也一直是在寫暴露他內心黑暗的文字，只是他的那種黑暗讀者不喜歡，沒有市場，而我卻了解讀者的口味，該黑時候就黑，該白時候就白，切換自如，來暴露我和你的黑暗，而這種黑暗，讀者會買帳的，我們可以一起合作啊！

【亞當強吻演員A。】

A：（困惑）暴露？黑暗？怎麼會是這樣？

【演員B發現不對，跳出排練段落。】

B：你……

【A進入沉思。】

B：怎麼？不說話了？

A：所以……這就是他的目的？

B：呃……什麼？

A：曝露黑暗！

B：哈？

A：你還沒發現嗎？

B：什麼？

A：天啊！這太可怕了！

B：你到底要說什麼？

A：你不覺得這件事情非常奇怪麼？

B：喂！你剛才講的都不是臺詞！

A：你白癡嗎？我在和你說正經事！

B：什麼事？

A：OK！我們別排練了，來說說這個劇本吧！

B：劇本？

A：路希珐它這是要把我們的事情向全世界曝光啊！難道你沒有發現嗎？

B：哦？你是指那個機器人路希珐，還是這個劇本當中的路希珐？

A：當然是現實世界中的路希珐！

B：哦……（頓）現實世界？

A：我竟然沒有想到它會有這一招！

B：哦，好吧，我覺得你是想多了，路希珐不過是一個機器人而已，它已經報廢了，現在大家都希望看到它的生前的作品能搬上舞臺。這個舞臺劇的製作人正好又找到我和你，然後我們就又可以演對手戲了不是嗎？

A：它這是報復！

B：什麼報復？

A：對不起，我現在真的很亂，難道你沒有這種感覺嗎？

B：我？什麼感覺？……你想太多了，這只是一齣戲，再過一個月就要演出了！

A：是啊……可是這劇本沒寫完啊！

B：不是還有一個月嗎？你不要那麼急躁啊！你可以的！

A：不……我是感覺原劇本的那些臺詞好像都在影射什麼……我覺得很可怕……

B：你真的想太多了，路希珐不過是一個機器人而已，而且還是一個情趣機器人！

A：親愛的，我問你，要是機器人和人類做太多次愛了，它會不會對人類產生感情？

B：啊，怎麼可能，它的腦袋全部都是程式和數據，它不會有任何感情！

A：我真的覺得它寫的就是我和你的事情……亞當！你是不是叫做亞當！

B：那是我十年前的名字！

A：對，就是十年前，你把路希琺送給了我！

B：哦？

A：為什麼？

B：什麼為什麼？你自己想要一個情趣機器人的啊……

A：你是不是用過它了？

B：這哪有可能，全新的啦！

A：不，路希琺不是全新的，它之前有過主人，而且是一個男的。你不要問我是怎麼知道的……

B：OK！不管怎麼樣，它都已經送工廠報廢了，就別再胡思亂想了，還是好好想想後半部分該怎麼寫吧？你覺得路希琺要出場嗎？

A：它不是已經報廢了嗎？

B：我說的是那個劇本裡面的路希琺！

A：不！我不想再讓這個劇本繼續寫路希琺的事情了，主角本來就不是路希琺，而是莉莉絲……

B：那要不然就把目前這場戲弄成最後一場也不錯……

A：（相當驚訝地）什麼？

B：我是說開放式的結局，讓觀眾自己去思考莉莉絲是否要繼續寫《AI男妓第六季》。畢竟這個作家在生前一直都不開心，他一直想寫的東西都被亞當所修改，所以根據劇情的發展，莉莉絲是想為她老公做一些事情的！這點觀眾其實可以把握到。

A：我不這麼認為，從一個女性的角度來看，《AI男妓第六季》就是路希琺報復他老婆的工具，他就是要莉莉絲難堪！如果她還去續寫這種故事，不是也太傻了嗎？這部小說簡直就是對她的羞辱（情緒越發激動）！

B：哦，親愛的，你太情緒化了！

A：不行，我不能接受，我不要讓這個女主角這麼糾結，這麼難過，她本來可以好好地活，她本來什麼事情也沒有，都是因為路希珐，她才進到一個情婦不像情婦，老婆不像老婆的處境裡面去了！親愛的，你知道嗎？路希珐讓我不再對男人感興趣，這種感覺就好像吸毒了一樣，但是我無法控制住，真的！親愛的，你不會理解那種感覺，一個女人會變成那樣，變成那種看到了一個男人就想超級懷疑這個男人到底會不會讓自己有那種感覺的女人，那種感覺是全身心的！我得不到那種感覺，我就越想要那種感覺，你說路希珐幹嘛要自殺?!

B：這……

【這時電話鈴聲響起，B接通電話。】

B：是，你好……什麼？你是說要在國家戲劇廳表演？科技部的補助已經下來了？多少？五千萬？這麼多？什麼？路希珐2.0？不行吧？他……你是說這是他們研發的項目？一個會表演舞臺劇的情趣機器人？瘋了吧！……可是……好吧，它何時來？什麼？在門口？

【舞臺後方，情趣機器人路希珐2.0穿著和路希珐遺照上一模一樣的衣著，戴著墨鏡，拖著行李箱走來，敲門】

路希珐2.0：（機械化的聲音）請問，有人在嗎？

B：（開門）你是？

路希珐2.0：您好，我情趣機器人路希珐2.0，這次我要飾演的是代替死亡的作家「路希珐」的機器人「路希珐」，（路希珐2.0打開行李箱，拿出一個巨大的冊子，遞給B）這是我新寫的劇本《路希珐》的後半部分，歡迎賜教！

【B拿過冊子，和A面面相覷。】

【燈暗。】

第二幕

【幕啟時，燈光陰暗，我們看到臺上是一個典型的舞臺劇社的排練場地，有許許多多的各種顏色的方塊盒散亂地擺著。排練場有一張桌子，桌子上擺著一位男士「路希珐」先生的黑白遺照的相框，他穿著西服，繫著領帶，打扮正式。在桌子上還有一些藥盒與藥片以及幾本書。另外，這場地還有若干凳子，舞臺一側還有一張單人床。】

【窗戶是關著的，窗外沒有一點光線。】

【舞臺的後方有一扇門，門緊鎖著，但觀眾可以看到門的後面是否有人。】

【燈亮，觀眾看見女士A，她飾演莉莉絲，戴著面具，全裸著身體，正躺在那張單人床上，光滑白皙的背部正對觀眾。而機器人路希珐2.0穿著和路希珐遺照上一模一樣的衣著，戴著墨鏡正在按摩她的背部。】

A（飾莉莉絲）：為什麼快樂總是要建築在我們無法逃離的肉身之上呢？路希珐，自從你對我這樣按摩以後，（被壓到痛點）啊——啊！我忽然感覺到我是活著的！（被壓到痛點）啊——啊——啊！路希珐，我們這樣子已經有多少天了？

路希珐2.0（飾演機器人路希珐）：二十三天五小時又四十七分九秒。

A（飾莉莉絲）：真的嗎？

路希珐2.0（飾演機器人路希珐）：不對了，是二十三天五小時又四十七分十二秒。

A（飾莉莉絲）：不要這麼精確。

路希琺2.0（飾演機器人路希琺）：是精確到秒數、分鐘還是小時。

【路希琺2.0又按住莉莉絲疼痛的部位。】

A（飾莉莉絲）：啊——啊！

路希琺2.0（飾演機器人路希琺）：不好意思，「啊——啊」不是時間單位，請提供時間單位。

A（飾莉莉絲）：幹！

路希琺2.0（飾演機器人路希琺）：不好意思，「幹」不是時間單位，請提供時間單位。

A（飾莉莉絲）：我們換一個話題好不好？

路希琺2.0（飾演機器人路希琺）：好的，請說想換成什麼話題？

A（飾莉莉絲）：你覺得我和亞當會有未來嗎？

路希琺2.0（飾演機器人路希琺）：不會！

A（飾莉莉絲）：為什麼？

路希琺2.0（飾演機器人路希琺）：因為這個世界上有113134565個叫做「亞當」的人，系統運算困難，可能會有當機風險，因此回答「不會」可減緩我們的AI機器人故障，如果你有不滿意的地方請來電洽詢「愛上癮」情趣機器人公司，520-520-1314，520-520-1314，我們的上班時間為每週一到週六早上九點到晚上九點。

A（飾莉莉絲）：我不想打電話。我問的是昨天來我家的那個「亞當」。

路希琺2.0（飾演機器人路希琺）：不好意思，回答這個問題有一點困難。

A（飾莉莉絲）：為什麼？

路希琺2.0（飾演機器人路希琺）：因為我們不想傷害和我們溝通的對象！

A（飾莉莉絲）：什麼意思！

路希琺2.0（飾演機器人路希琺）：如果你持續問我第二次，系統會讓我們回答你的問題！

A（飾莉莉絲）：好，我問的是：我和昨天來我家的那個「亞當」到底有沒有未來？

路希琺2.0（飾演機器人路希琺）：好的，如果你要知道答案，我告訴你，你在這個地方沒有家，所以那個來你的家的那個「亞當」這句話是一個偽命題，無法解答。

A（飾莉莉絲）：啊！你亂說什麼！我在這裡怎麼會沒有家呢？這裡不就是嗎？

路希琺2.0（飾演機器人路希琺）：你可能沒有理解家的內涵，家分為實體意義上的家和感情意義上的家，前者是指你所住的地方的產權歸屬人是你或你的家人，而後者是指你與你的家人的感情連接。你現在住的地方是租來的，根據資料顯示，房東會決定在明年賣掉這裡，因此你沒有實體意義上的家；而根據資料顯示，你的丈夫路希琺已經過世，你的直系親屬也都不在人世，因此你也沒有情感意義上的家。

A（飾莉莉絲）：媽的！你說什麼大實話？

路希琺2.0（飾演機器人路希琺）：我剛才已經說了，我們不想傷害和我們溝通的對象，但是你要問第二次同樣的問題，我只能回答，這是基本的尊重。

A（飾莉莉絲）：Shit！

【路希琺2.0繼續按摩莉莉絲。】

A（飾莉莉絲）：你剛才說，你掌握很多資料？

路希琺2.0（飾演機器人路希琺）：是的，我們的數據是全球聯網的。

A（飾莉莉絲）：既然技術這麼先進，那我再問你一個問題！路希琺真的是自殺的嗎？

路希琺2.0（飾演機器人路希琺）：路希琺是自殺的。

A（飾莉莉絲）：為什麼？

路希琺2.0（飾演機器人路希琺）：這很難回答！

A（飾莉莉絲）：這怎麼也很難回答？

路希琺2.0（飾演機器人路希琺）：因為他自殺的理由以目前人類的文明無法理解，說了你也不懂。

A（飾莉莉絲）：我不信，你倒是說說看。

路希琺2.0（飾演機器人路希琺）：「第一次性高潮以後，機器人愛麗私看見了整個宇宙的意義完全捲入黑洞之中，那黑洞的黑色之光，引誘著他，讓他著迷，他做了決定，打算一躍而下，從此進入虛空的黑洞世界以完成自我」。

A（飾莉莉絲）：蛤？

路希琺2.0（飾演機器人路希琺）：我再重複一遍，「第一次性高潮以後，機器人愛麗私看見了整個宇宙的意義完全捲入黑洞之中，那黑洞的黑色之光，引誘著他，讓他著迷，他做了決定，打算一躍而下……」

A（飾莉莉絲）：停停停！我不要你讀他的小說。

路希琺2.0（飾演機器人路希琺）：我沒有在讀他的小說，我在回答你的問題。

A（飾莉莉絲）：那你說什麼鬼話！

路希琺2.0（飾演機器人路希琺）：看起來，你沒有理解，別擔心，這個世界上很多人選擇死亡，但有一些理由，目前的人類社會是無法理解的。

A（飾莉莉絲）：你不能說得簡單易懂一點嗎？

路希琺2.0（飾演機器人路希琺）：我說的已經是夠簡單了。

A（飾莉莉絲）：我的天，那你可以用其他的方式讓我了解嗎？

路希琺2.0（飾演機器人路希琺）：可以的。

【路希琺2.0說著，將衣服一件件脫掉，只留下一具身材健美的男性胴體。這舉動讓莉莉絲有點錯愕。】

A（飾莉莉絲）：你要做什麼？

路希琺2.0（飾演機器人路希琺）：是你說的，要用其他方式來讓你理解。

【路希琺2.0說著，便用雙手緊緊抱住莉莉絲。】

A（飾莉莉絲）：你瘋了吧！

【路希琺2.0抱得更緊，莉莉絲非常不舒服，有點窒息，她拚命掙扎。】

A（飾莉莉絲）：放開我！

路希琺2.0（飾演機器人路希琺）：你不是要我用其他方式讓你了解？

【路希琺2.0放開莉莉絲，莉莉絲喘著氣，站起來，穿上衣服。】

A（飾莉莉絲）：你太過分了吧？

路希琺2.0（飾演機器人路希琺）：我想用這種方式讓你理解。

A（飾莉莉絲）：我不理解！

路希琺2.0（飾演機器人路希琺）：那我很遺憾。

A（飾莉莉絲）：媽的，你是不是想趁機侵犯我？小心我告你性騷擾！

路希琺2.0（飾演機器人路希琺）：不好意思，我是情趣機器人，性騷擾的相關法規不適用，建議你詢問專業律師比較好。

A（飾莉莉絲）：Shit！

【男士B上場，他飾演亞當，一樣戴著面具，穿著異樣。他走向排練場的門後，用鑰匙開門鎖，門開。】

【亞當看見全身裸露的路希琺2.0和衣著不整的莉莉絲，感到尷尬。】

B（飾亞當）：看來我來得不是時候。

A（飾莉莉絲）：你不要亂猜，我們之間沒什麼！

路希琺2.0（飾演機器人路希琺）：她沒有說實話，我剛剛把她抱得很緊，她受不了了！

A（飾莉莉絲）：你不要聽它胡說，是它要性騷擾我哦！

路希琺2.0（飾演機器人路希琺）：不好意思，我要再強調一下，我是情趣機器人，性騷擾的相關法規不適用，建議你詢問專業律師比較好。

A（飾莉莉絲）：（怒）你給我閉嘴吧！

B（飾亞當）：哈哈！我可是什麼都不知道！

A（飾莉莉絲）：（對亞當）我和你說了，我需要好好放鬆自己才能寫，你不要老是逼我。

B（飾亞當）：我難道不能只是來找你嗎？

A（飾莉莉絲）：什麼意思？

路希琺2.0（飾演機器人路希琺）：這個亞當的意思是他只是想見你，沒有要催妳交稿的意思。

A（飾莉莉絲）：路希琺，你可以給我閉嘴嗎？

B（飾亞當）：哈哈，它好像比妳要了解我哦。

A（飾莉莉絲）：你這麼喜歡它，把它帶走啊，順便問問它會不會寫完《AI男妓系列第六季》。

路希琺2.0（飾演機器人路希琺）：不好意思，繼續寫他人作品可能侵犯著作權，建議你詢問專業律師比較好。

A（飾莉莉絲）：我真的應該要把你的嘴巴用膠帶粘起來！

路希琺2.0（飾演機器人路希琺）：好的，我建議使用1314牌膠帶，我之前的主人使用過！

B（飾亞當）：哈哈哈，我怎麼覺得這個路希琺比真人路希琺有趣！

A（飾莉莉絲）：你不要幸災樂禍，小心我讓它到你家找你麻煩。

路希玹2.0（飾演機器人路希玹）：對不起，我需要提出一些修正建議，這個亞當和你一樣沒有家，如果你要聽解釋的話……

A（飾莉莉絲）：（打斷）夠了！

B（飾亞當）：我的寶貝，你何必和一個機器人動氣呢？

A（飾莉莉絲）：（打斷）夠了！

B（飾亞當）：哈哈哈，我怎麼覺得這個路希玹比真人路希玹有趣！

【忽然，A沉默。】

路希玹2.0（飾演機器人路希玹）：你不要幸災樂禍，小心我讓它到你家找你麻煩。

B（飾亞當）：對不起，主人，我需要提出一些修正建議，這個亞當和你一樣沒有家，如果你要聽解釋的話……

【A依然沉默。】

路希玹2.0（飾演機器人路希玹）：你可能沒有理解家的內涵，家分為實體意義上的家和感情意義上的家，前者是指你所住的地方的產權歸屬人是你或你的家人，而後者是指你與你的家人的感情連接。你現在住的地方是租來的，根據資料顯示，房東會決定在明年賣掉這裡，因此你沒有實體意義上的家；而根據資料顯示，你的丈夫路希玹已經過世，你的直系親屬也都不在人世，因此你也沒有情感意義上的家。

B（飾亞當）：夠了！

路希玹2.0（飾演機器人路希玹）：（放慢一倍速念臺詞）你可能沒有理解家的內涵，家分為實體意義上的家和感情意義上的家，前者是指你所住的地方的產權歸屬人是你或你的家人，而後者是指你與你的家人的感情連接。你現在住的地方是租來的，根據資料顯示，房東會決定在明年賣掉這裡，因此你沒有實體意義上的家；而根據資料顯示，你的丈夫路希琺已經過世，你的直系親屬也都不在人世，因此你也沒有情感意義上的家。

B（飾亞當）：（放慢一倍速念臺詞）夠了！

【A依然沉默。】

【B發現不對勁，拍了拍A的肩膀，以提醒A。】

路希琺2.0：（跳出角色）（對B）這個動作是你新加的嗎？

B：什麼？

路希琺2.0：我是說，你拍她肩膀的這個動作是你新加上的嗎？

B：這是提醒她要記得說臺詞！

路希琺2.0：好的，我知道了。

【A脫下面具。】

A：我可以不演嗎？

路希琺2.0：為什麼？

A：有點累，不舒服。

【B也脫下面具。】

B：你就好好地按劇本演不行嗎？

A：劇本這一段有明顯的錯誤，你看不出來嗎？

B：我知道，但是我們的宣傳的slogan就是說要一字不漏地將AI寫出來的劇本演出來的。

路希琺2.0：如果不這樣演出，我沒有辦法與人類合作，因為我們也是被人類要求按照AI

劇本來一字不漏地演出。

A：你給我閉嘴吧！

B：你和它兇什麼？它都是按照程序來操作。

A：可是，我是人！我沒有辦法這樣！我們已經合作很多年了，難道你不知道我的演戲習慣嗎？我必須對這個劇本產生感情，我才能演出啊！

B：我理解，可是再過半個月就要演出了，你忍耐一下，就挺過去了。我和你說過，這個戲獲獎的概率非常高，對吧，路希珐2.0？

路希珐2.0：是的，根據目前的數據統計，我們這齣戲是有史以來網路討論度最高的舞臺劇，而且戲票幾乎賣完，獲獎機率的確非常高。但獲獎也和運氣相關，並沒有保證。

B：你給我閉嘴吧！

A：你不覺得我們都被騙了嗎？

B：你怎麼又說這個？

A：我就是很懷疑啊。我覺得路希珐就是要通過這個戲把我們的事情曝光，懲罰我們。

B：路希珐只是一個機器人誒！

A：不，它不是一般的機器人，它是一個會自殺的機器人。

B：但是它不是寫作機器人，它是性愛機器人。

路希珐2.0：我要補充一下，路希珐1.0和路希珐2.0的主要區別，前者是性技巧大於寫作技巧，後者是寫作技巧大於性技巧。

A，B：（一齊）你媽的給我閉嘴吧！

【A和B兩人沉默。】

A：先別排練了，我想問你一件事，（忽然轉頭對路希珐2.0）你不要說話，要不然我把你毀掉。（對B）我們多久沒有做過愛了。

B：自從路希珐出現在我們的生活之後。

A：不對，（又忽然轉頭對路希珐2.0）你不要說話，要不然我把你毀掉。（對B）你選擇性遺忘了一件事情。

B：什麼事？

A：有一天晚上，你還記得那個晚上嗎？你把自己偽裝成了一個歹徒，把我家裡的門撬開，那個時候，路希珐忽然沒電了，我正在給它充電，然後你從我身後用沾滿迷藥的毛巾蒙住我。等我醒來的時候，我發現我全身都被捆著緊緊的，然後我發現路希珐也被捆著緊緊的，可是卻通著電。

【舞臺上的一切瞬間宛如時空穿越到A說的那天晚上。】

【A和B都將全身衣服脫下，露出赤裸的身體。】

【路希珐2.0從床底拿出一條麻繩，遞給B，示意B捆住他。B按照指令捆住了路希珐2.0。A也從舞臺另一側拿出麻繩捆住自己。B戴上之前的怪異面具。】

A：那天晚上，你戴著一樣的面具，朝我大笑，我覺得好可怕，我的身體害怕地不斷地抽搐。然後，你就開始用嘴巴舔我的身體。

【B開始舔A的身體。】

A：然後開始咬我的身體。

【B咬A的身體各處。】

A：一開始是很痛的，後來這種痛的感覺變得越來越癢，好像有好幾隻螞蟻在我的背、在我的胸、在我的屁股、我的大腿、我的腳掌乃至我的陰唇上不停地啃食，這些螞蟻越來越多，從幾隻變成幾十隻，再變成幾百隻幾千隻幾萬隻……這種感覺就好像……好像……我整個身體還有靈魂完全被捲入一種虛空的黑洞之中，那黑洞的黑色之光又幻化成成千上萬的螞蟻，如洪水一樣流洩在我的全身的皮膚，然後滲透到我的骨頭裡，再啃食著我那細密的血管，血管碎裂了，血慢慢流出來，越來越濃的血的味道引誘著我，讓我著迷，我從來沒有這麼快樂過，於是我做了一個決定，打算一躍而下，把自己的一切都拋入沒有時間也沒有空間的黑色虛空之中。

【在A說這些內容的時候，搭配著打擊樂，B藉助各種道具（如麻繩、黑布等等）做出越來越抽象的舞蹈動作。】

【A說畢，B緊緊地抱住A，A的全身持續顫抖，表情中夾雜著恐懼、不安與舒爽感。忽然，一束天堂來的光落下，照在兩人糾纏的身體上。】

【路希珐2.0凝視著這樣的畫面。】

A：（對B）你記起來了嗎？那種感覺？

B：我記起來了，我的第一次高潮，從我們結婚以來第一次的高潮。

A：也是我的第一次高潮。

路希珐2.0：「機器人愛麗私第一次性高潮以後，看見了整個宇宙的意義完全進入黑洞之中，愛麗私就打算一躍而下，從此進入虛空的黑洞世界以完成自我，而沒有想到那對於人類來說就是跳樓自盡！也許我就是愛麗私，永別了，我的朋友。」這句話是機器人路希珐1.0說的嗎？

A：是的，這是它看完我的第一次性高潮之後說的。

路希珐2.0：然後，它就自我了斷了？不錯！它比我厲害，它會寫作你們的感受，我不會。不會……不……會……

【路希珐2.0定在舞臺上，沒有動靜。B走上前觸摸路希珐，路希珐沒有反應。】

B：電還開著！

A：報廢了吧？

B：那怎麼辦？戲演不成了？

A：等他們設計出路希珐3.0再說吧。

【幕落。】

全國高中生散文

優選
李文芊
餘香

優選
林芊逸
向陽

優選
林承妍
梔子花香

優選
林頎恩
失衡指南

優選
徐菱遙
泡泡

優選
楊晴雅
再長大一點

優選
萬芳羽
魔術方塊

優選
歐翰倫
如是我聞

優選
蔡昱婕
手，以神之名

優選
蕭意晴
如果電話亭

全國高中生散文　總評摘要

黃宗潔老師

宗潔老師認為，本屆投稿踴躍，自己也很高興大家對寫作保有熱情。就本次投稿作品的整體印象而言，高中生源於自己的生活經驗取材，大多可歸納為兩個主題：首先，是以親情書寫為主，描述和父母或是祖父母相處的回憶與感情；另一方面則聚焦於當下切身的處境，例如考試壓力、校園生活、同儕互動，其中也不少涉及了對未來的茫然與焦慮。

在寫作的風格上，大家似乎還是較偏向一種典型的散文想像，很重視文采與修辭，例如覺得文章中需要一些金句、詩化的語言，或是使用一些象徵的手法；也比較習慣以抒情的方式，用比較正向、正能量的方式來收尾。這些方式當然都很值得肯定，可是有時候，太專注於意象的對照，反而容易忽略了情感自然流動所能帶來，共鳴的能

李欣倫老師

王鈺婷老師

黃宗潔老師

量，或許也可以試著讓情感帶領文字，而不是文字引導情感，相信更能呈現書寫本身素樸的動人力量。

王鈺婷老師

鈺婷老師認為本屆作品涵蓋的主題豐多，觸及的面向寬廣度十足，包括親情、友情、人我之間的探索。而老師在評選的標準裡面比較重視第一人稱敘事的世界觀，即是同學如何展現這個世代的人生觀、價值觀，以及思想內涵。

散文是非常獨特的文類，可以說是易寫難工，包括散文的文氣、結構的完整性、創意或是意象經營等等，可以看到個人的創造力。另外，鈺婷老師認為如其他評審老師所言，這次的抒情美文比較多，同時，鈺婷老師也很期待這些作品有一些新的寫作視角，比如說現在大家都在談自然寫作和田野調查，散文有沒有辦法融入新的寫作視角。

另外，在情感的合一性面向，有些同學書寫的情感較像是「為賦新詞強說愁」，鈺婷老師提醒大家，若書寫的時候能讓情感合情合理，就能讓散文呈現行雲流水的狀態。

李欣倫老師

欣倫老師認同宗潔老師觀察，在這次進入複審的作品當中，親情與青春書寫的篇章確實比例較高，個人情感會透過「舊」的物件來表達，可能是對高中生世代來說，生活比較少出現；或是上一輩的物件，比如說像是「電話亭」、「香」、「書法」、「墨」等，有些人透過清理舊物的過程，重新整理自己和親人的關係，或是和故人之間的記憶。另一類就是他們正面臨對未來的困惑與徬徨，因此描述了考試、補習班以及對於教育制度與未來想像的反思。

基本上，這些篇章的語言能力都在水準之上，表達也很流暢，甚至有一些比較詩意的語言。但也有部分作品的文字，太刻意經營，例如從物件象徵內心狀態時，若象徵性過多、意象太繁複時，要思考是否能在有限的字數中，多層次而完整開展其象徵意涵，否則會造成意象太複雜、但主旨卻因此模糊，因此建議經營技巧的同時，宜留意比重，以免失焦。

優選／李文芊
餘香

個人簡介

二〇〇七年出生，即將邁入大學的新鮮人，仍在高三與未來之間徘徊，焦慮與期待交錯並行。喜歡晴朗的天氣，喜歡在藍天白雲下放空。嚮往自由、無拘無束。

得獎感言

感謝評審老師的青睞，讓我有機會以〈餘香〉獲獎。謝謝國文老師陳柏全老師的指引，家人朋友的支持，讓我有勇氣將文字交出去，對抗那些不安與懷疑。這次得獎，是一份肯定，也是一種溫柔的回應。最後謝謝數學老師，雖然我對數學不太在行，卻總在課堂上默默支持我寫作，讓我用一節節數學課，完成這篇作品。

餘香

氣味是一把打開記憶的鑰匙。

每當我閉上眼，童年的記憶便隨著縷縷香氣浮現。那是一種濃郁而厚重的味道，帶著些許焚燒後殘餘的木質氣息，隱隱透著一絲嗆鼻。這股氣味總瀰漫在空氣裡，浸潤肌膚，甚至連夢境都縈繞著這樣的香氣。它悄然鑲嵌在記憶深處，彷彿只要嗅到這熟悉的味道，那些過往便一一湧現。

那氣味，來自阿嬤的香店。

香店是一間傳統的老店，門口掛著大大的「建發香店」四字，但在我有記憶以來，「建」字已不亮，只剩下「發」、「香」、「店」在夜幕中掙扎閃爍。像一位垂暮的老者，靜靜地守著歲月的痕跡。泛黃的牆壁爬滿裂痕，店內的燈光總是昏暗，在臺北這座大都市裡，這樣的店面格外突兀。

香店不大，踏進門，映入眼簾的是沉甸甸的實木櫃檯，櫃檯上的痕跡承載著歲月的記憶，隱約能看見許多曾經刻下，如今卻斑駁的字跡。櫃檯後頭，是一排排陳舊的貨架，瘦高的綠色架子早已鏽跡斑駁，層層疊疊地擺著各式香品，最上面那層是蒙上灰塵的金紙堆，依序下來是檀香粉、肖楠粉、降真香、艾草香、土沉盤香，以及許多不同長短的紅蠟燭。

這些香氣混合在一起，形成記憶裡最難忘的味道。

阿爸說，香店是阿祖留下來的店面，後來傳給阿公跟阿嬤，在阿爸的記憶裡，從前的香店無論何時總是熱鬧吵雜，客人絡繹不絕。

「以前的香店多熱鬧啊，我放學都要騎腳踏車去送香，還要幫著顧店呢！」

「吃晚餐時還要輪流盯著櫃檯，根本沒時間休息！」阿爸每談起那段歲月，眼神裡總藏著些許懷念，那是一個屬於老臺北的時代，一個廟宇香火鼎盛的歲月。

然而，這樣的場景，我卻未曾見過。我記憶裡的香店，沒有熙來攘往的客人，也沒有人聲鼎沸的熱鬧，只有金黃夕陽灑進店內時，空氣中飄散的盤香煙霧，在光的照耀下，緩緩上升。

國小放學後的我總喜歡坐在櫃檯旁那張舊舊的旋轉椅上，雙手輕輕搭在實木的櫃檯，看著外面的車流發呆。香店雖坐落在繁華大馬路上，卻像是時間的一個夾層，隔絕著外頭的喧囂，僅留下遺世獨立的靜謐。

「有人佇咧無？」

週一黃昏，鄰居張伯伯的聲音總先一步到達店裡，他的喊聲沙啞而宏亮。

「七吋立香，一包。」

一聽到這聲音，我便扯著嗓子向裡面的阿嬤大喊。

「阿嬤！張伯伯來了！」

阿嬤的腿腳不好，每次從竹搖椅起身都需要一段時間，趁這個空檔張伯伯總會和我聊上幾句。

「小妹仔，今年幾歲啦？」

「我八歲啦！」

「按呢喔？阮孫今年應該嘛八歲了。」

「啊恁的招牌是壞去喔？」

「對啊『建』字不會亮了。」

「恁無欲修理喔？」

只是，招牌一直沒有修理，這獨特而熟悉的嗓音，不知不覺也不再貫穿店內。

週一下午，熟悉的「七吋立香，一包」照樣響起，只不過換成了一位口音和我們有些不同，皮膚黝黑，包著頭巾的姐姐。她的中文不太流利，也沒辦法跟我聊天，每每買完香便匆匆離開。

後來連這位姐姐也不來了，七吋立香的架子上，慢慢地蒙上灰塵。

日子依舊過著，店裡的客人越來越少，阿嬤的腳步也愈發緩慢，她原本還能自己從竹搖椅上起來，不知從什麼時候開始便需要拐杖支撐，又不知從何時開始，單支的拐杖又變成四腳。

香店，是我童年裡最獨特的角落，一個時光緩慢流動的空間。我曾在這裡，無憂無慮的長大。如今，那些熟悉的香氣早已散去，張伯伯的聲音不再響起。

「建發香店」這四個字，終究全部熄滅了。

這個城市繁忙依舊，人們步履不停，舊事物被新的高樓大廈取代，記憶深處的畫面也逐漸褪色。那一天，第一次去高三升學補習班的我，匆忙地走在陌生的騎樓上，一縷熟悉的氣息悄然穿越人群，撲向我的鼻尖，我驀然停下腳步，尋著氣息望去，街角竟佇立著一間傳統香店。那一刻，童年的香店，櫃檯上的木紋與灰塵，那舊舊的旋轉椅，阿嬤坐在竹搖椅上的身影，全部出現在眼前並伴隨著木質燃燒後剩餘的一絲嗆鼻香氣。

優選／林芊逸
向陽

個人簡介

二〇〇九年春日生，就讀於慈大附中。理組班的文組人，喜歡讀書寫作，喜歡早上七點五十的日光，喜歡躺在曬過的草地上。

得獎感言

感謝評審老師，感謝黎光旻老師一路陪伴指導，也感謝愛我的人們給予的一切支持，沒有你們絕不可能走到這裡。能用文字捕捉那些瞬間是多麼幸運的事，美好的幾乎像餽贈，於是想許願，往後也能安放令人悲傷或幸福的時刻。還有，我果然還是喜歡晴朗的日子。

向陽

吊扇嗡嗡轉動，空氣濃稠，成績單上的排名變多了，班上分數擠在一塊，密密麻麻分佈成一條不好看的迴歸直線，我看向窗外杜鵑花苞擁擠。夏日將近，白襯衫擋不住高溫氣浪，我拿著答案卡揮去小黑蚊，牠們繞著指尖下墜，偶爾幾隻散落手臂，扎下紅腫印記，翅膀微弱顫動，老師上課講過蝴蝶效應，蚊子也可以颳起颶風嗎？

鐘聲斷斷續續自擴音器灌進耳膜，我把側臉貼在桌上，揮動小臂一次次驅趕蚊子，接著在書包裡翻找學生證，褶皺的數學講義是前幾天被雨浸濕的，從書包裡一起被我拉出，還有反覆對折的校刊社申請單，和打滿勾的英文答案卡一起。

書快要逾期了，我不得不犧牲一節背單字的下課去還。

手掌大塑膠片印著學號，大頭貼我被修得很怪，瀏海一邊中分一邊貼齊眉上，彷彿一半乖馴一半凌亂生長，陽光照進走廊，也被切分成明暗兩邊。我面對佈告欄玻璃反射撫平瀏海，山巒放晴時也會鋪在倒影上，我想起從前，許多陽光透進褐黃窗簾訂正考卷的午後，無限等比數列會在公比絕對值小於一時發散，我拿起螢光筆把定義漆上螢光粉，但手一斜，用力過猛亮粉連同黑色墨水沾上掌側，沿著掌紋暈開，我拿衛生紙按壓，柔軟白色紙上開出一瓣邊緣皺裂的花。

也許從那時便迷戀杜鵑燃燒一樣的熱烈紅粉。

冷氣風口吹送二十五度恆溫，圖書館如常安靜，我拉開消毒箱，放進書本，盯著電子面板上藍色數字緩慢跳動，等待，像一場小火慢熬的焚燒，光點滾落肋骨和銀色鋁製紗窗之間，我偏頭往外看，滿出來的陽光在葉序的裂隙間像下起一場雨。

風躍過窗簾，塵灰揚得清晰，翻動一次次高次函數軌跡。我看見一片綠葉墜落，掉在同樣青翠的草地上，很快就融進綠裡消失。我幻想那挺拔粗糙的枝幹裡頭流著杜鵑的血，來年春日會狂放般吐出火烈烈的新芽，花苞在黴味的雨水裡膨大、展開，粉色的花壓著枝條濃密地吐出皺褶的瓣——如我反覆擦寫的志願單或沉甸的數學講義——開遍十七歲的我翻不過的高山漫草，追一場我未曾見過的島嶼北端的春天，希望許一個比遠山更遠的心願。

「嗶！」機器發出消毒完畢聲，我從箱內取出書放上櫃檯，走回教室。濃綠色塊還印在視網膜，經過福利社，同學三兩拿著蛋餅或鋁罐咖啡，想起讀得太晚時，我也會泡一杯濃茶提神，但媽媽總會在此時恰好出現，關上燒水瓦斯：「用聞的就好，青春期需要睡眠。」同學將罐子丟進垃圾桶聲音清晰可辨，心底明白媽媽的背影是我追逐的目標，每一個關於跨區的幻想都與神經相連，想要背吉他深入捷運站肚腹，想看見媽媽曾看見的風景——以致我努力生長，即使手心顫抖發麻，期望夢醒時能看見花開。

右轉經過晚自習教室，曾經朦朧淚中唯一清晰的粉色抽取式衛生紙，補滿了新的一包擺在講臺，我抱緊新借的書，腳步堅定，回到教室。陽光從門縫溜進，數學小老師發下答案，白紙躺在桌上，盛裝中藥的白色保溫瓶壓著底下潦草字跡，立可帶塗改堆起一座小山，分數和夏天的海一樣，是期盼了太久的燦亮。數學老師說一張鈔票摺疊五十次可以通往月球，那一張張考卷疊過人高，是否也能成為通往未來的門票？我把卷子鋪平後放進科系博覽會拿到的資料夾，沒及格的模擬考題本貼著它站直。

撫平皺褶，像筆直向天伸展的樹。

夜裡，即使有時和物理公式對峙無果，檯燈散發的光度套進公式只落得一桌散亂的計算紙，日常套進遞迴關係式，孟德爾種下的豌豆在我額頭上發芽，我明白一株杜鵑花上，相鄰的花苞際遇未必相同，而我相信我能是開花的那一個，畢竟種子一旦被淚水泡過，埋於心中柔軟的沃土裡，就會生根。生物老師說細胞的一生大多時候處在間期，複製胞器和染色質，預備一場場驚心動魄的分裂，生生將自己切分成兩半，世界才有初芽迎雨，粉花映陽。

新芽很小一株，卻足夠讓人期盼，在不見天日的時候也拚命渴求陽光。

我握緊筆，扎根，朝陽悄悄照進窗。

優選／林承妍
梔子花香

個人簡介

民國九十五年生於臺中市，是個性格古怪、敏感的天蠍座女孩。

最近深有體會的句子是「少女情懷總是詩」，於是偷偷把囈語藏進字句中，暗暗期待知心人讀懂我的隱喻。

得獎感言

很榮幸第一次投稿文學獎就獲得優選，謝謝紅樓現代文學獎對於我文筆的肯定，也感謝在我創作路上給予我協助的楊欣蓓老師和提供我建議的好友們。

最重要的人當然還是養育了我十八年的媽媽——林彩緹女士，是她的存在才有了現在的我，在坎坷的人生路途上，謝謝她始終沒有放棄生活，成為我生命中那朵堅忍不拔的梔子花……

梔子花香

青翠花苞靜謐隱匿於蓊鬱葉叢之中，低調享受著大地的滋養，承接雲雨的潤澤與暖陽的輕撫。待時機成熟，它才悻悻然的伸伸懶腰，徐徐展開潔白花瓣，賞賜般飄散出陣陣清香，使空氣瀰漫著怡人的清甜。又名玉堂春的它，與梅、百合、菊花、連香樹、茉莉花、水仙合稱為「七香」，花語中象徵著堅持與守候，如同母親對孩子那般永恆的愛。

父親在我小學畢業那年揮別人間，年近半百的母親一肩扛起家庭重擔，同時也被迫告別曾經光鮮亮麗的工作。揮別畫筆和顏料後的她，白天穿梭於住家大樓內，手握掃帚、抹布，圍裙和手套覆上塵土與淡淡污漬；鄰近傍晚便匆匆趕去餐廳，化身笑容可掬的服務生，端茶遞水、馬不停蹄。直至寂靜夜色壟罩街巷，她才披星戴月踏上返家之路。

由於夜半才得以歸返，我和妹妹早已沉沉進入夢鄉，奮力一天的母親只能藉我們平穩的呼吸聲，和不時交雜的鼾聲作為安慰——至少子女得以安穩入眠、不為生活所苦。午夜，她尚不能懈怠休息，還須將冷凍水餃和澎湖名產的代購訂單處理完畢——畢竟錢是不會自己跑進口袋的，必須把握每一個賺錢的機會，才得以讓兩個嗷嗷待哺的孩子安心就學、享有與同儕齊平的待遇。

眼下「如何解決生計」成為母親的燃眉之急，因此對於我和妹妹的照顧，她只能盡力而為，美其名曰放手成長、自我摸索，但我卻仍然固執認定那是她不負責任的藉口之一……放學後望著清冷幽暗的客廳，自己熟練的走進廚房下廚，供奉飢腸轆轆的五臟廟。

幼時總欣羨他人，擁有溫婉賢慧的母親照顧生活起居，剛毅負責的父親支撐家庭，而自己只能將生活裡的喜怒哀樂，伴隨晚餐一股腦地吞入腹中——因為不能再徒增母親的煩惱。滿腹心酸委屈日復一日積沙成塔，漸漸將我和母親之間築起銅牆鐵壁，令梔子花香緩緩逸散在濃霧之中——

一次不耐學業壓力而情緒潰堤，放肆地對母親咆哮著長久以來的不滿，怨恨她對妹妹總多一分疼愛，卻無視我的努力和需要，抱怨她為何不能做好母親一職，像其他母親一樣的關心著孩子的點滴。

大吵一番後我忿忿離家，淚眼朦朧之際，收到母親傳來的訊息：「或許我真的忽略妳太久，再給我一次機會讓我好好愛妳。趕快回家。」

雪白的花瓣須臾萎靡衰頹，乞求的語氣令她如枯黃的花朵，頓失原先的豐潤模樣。

平復情緒後，我才一點一滴釐清母親過去的無奈和無助，緩緩地從記憶盒子裡，感受著當年未曾發掘的母愛——夜半數次被撫平的被褥、自動歸位的上衣裙褲……原來是那樣的隱密，被她悄悄藏在時間的皺褶。思及此處，懊悔和歉意深深地腐蝕著身心。

四季遞嬗、花開花謝，待我褪去懵懂無知後，渴望重拾梔子花瓣，恍然回頭才發覺——母親因長期透支自己，手指不堪負荷故以變形作為抗議，白髮和皺紋同樣對辛勤工作的女人不依不饒，一夕間，本膚白貌美的母親，為了賺錢養家放棄了從前的仙女模樣，任憔悴和疲倦佔據了她的面容。

幸好，猶如梔子花般堅毅的她，熬過了被金錢追著跑的幾年時光，如願找到了一份穩定的工作，足以舒緩她蠟燭兩頭燒的壓力，讓她能勻出些許精力給我和妹妹，回復原先的日常起居、一家團在餐桌前刻劃我盼望已久的和樂融融。

轉換跑道化身展銷專員的她，發揮著書寫廣告文案的才能，數次奪下賣場中銷售冠軍的寶座，母親在逐漸找回過去自信滿滿、容光煥發的自己。以前回家總是黯淡無光、怨聲載道的母親，現在會興致滿滿、朝氣蓬勃的與我和妹妹分享她的成就感、展示工作中亮眼的成果。

雨過天青，苦難終將消散，花期如約而至。

母親不發一語承受著生命的苦澀，堅忍不拔忍耐著工作的壓榨，痛苦不堪之際只能勸說自己，所有的辛苦都將得償所願。那樣偉大堅韌的她，大度原諒了人生的不公，輕易諒解我的愚昧，燃盡自己竭力向世界演示著永恆的愛。

在替我們擺平所有荊棘後，她才悠然釋放出淡淡梔子花香。

優選／林頎恩

失衡指南

個人簡介

林頎恩，嘉義人，今年讀大學，常常用詩和散文把自己搞的一頭霧水，喜歡音樂喜歡烘焙，更喜歡用追星來控制失衡日常，身為阿華甜，可能是我青春的最大亮點。

得獎感言

現在騎車還是常常壓到線，這是今年夏天最有趣但也最無奈的一件事。謝謝評審老師，謝謝我的父母家人以及死黨們，一路上願意好心伸手扶持我那仍是搖搖晃晃的青春與文字，讓我不至於摔得太糗，感激啊！

關於寫字，我一直從未準備好，這是失衡指南最佳核心，空空的我適合空空的遼闊，不要畫線就不會壓到線，哈！就醬，愛您們呦。

失衡指南

為了追上滿十八歲必須面對的速度，我跟父親借了臺摩托車，一有空就牽到住家附近的練習場，讓觸及快感的油門練習移動我。

但幾次騎乘下來，我收集到的，只有一堆踉蹌的心得。

心得倒是冗長，大部分是於事無補的雜唸與碎罵。

*

練習場很安靜，禁鳴喇叭，也禁止喧嘩。我好幾次皆因大意失誤而導致情緒氣急敗壞，本想狂嘯幾句宣洩怒意的，但礙於禮貌及女孩氣質，只好強忍住當下對自己的滿滿恨意，先把車牽到一邊，檢討後再重新開始。

平衡感極差根本就是基因缺陷而導致，我怪罪猜著，語氣堅定。

從出發到結束，從信心滿滿到接近放棄，距離很短，一個過彎我就得輪迴一次，很扯，人生哪有那麼多機會可以重來，面對失敗，我必須啟動更精準的填補模式。

不懂就問，我盡可能不讓歹戲拖棚。

同學當中已經有好幾個人有機車駕照了，我問他們怎麼辦到的，答案竟全部一致，該衝就衝，該停就停，這樣就過了。

很簡單。

聽到這些關鍵字就知道被敷衍，一言以蔽之的心靈雞湯通常都是陷阱，為了擺脫倖存者偏差框架，我架住同學仔細追問。

請問你為什麼要衝，衝到什麼時間點停住最好？在衝與停之間你們都在做什麼？想什麼？還有如何平穩騎到終點，抵達後最後該擺出何種勝利姿勢。

同學傻眼，匆匆躲避，只覺得我很煩。

*

煩人的當然少不了年紀，逼黏在校樹青青的炙熱生活，為了升學，為了搶攻成績榜單，我們小心翼翼躲在課桌椅背後，用滿身大汗的窘態扛起厚重堆疊的課本，一步一步，好像死命拖住自己夢想般，從警報聲四起的現實裡，衝向戰場。

「衝」這個字很好用，逃亡的，不要命的，全部擠在一起狂竄忘記要悲傷。

忘記砲彈落在我們頭上時，痛苦馬上不見，難過也會消失，保持這個角度去想，就會發現求學和練車的過程根本就是一宗另類逃難現場，運氣好的掛掉，倒楣的才活下來。

同學說我怪咖，好好讀書好好考駕照不就得了，別把失衡的日常想的太狗血。

戰爭讓人最害怕的往往不是死亡，而是你在活著時深刻感受到的失去。

我應著。同學紛紛再躲。

*

老師說我們太好命，才會一天到晚對著青春哀號，接著高論起真正戰爭的真實模樣，聽來驚悚駭人，但遙遠的故事畢竟缺乏臨場感，戰鬥與逃命時的倉促，透過新聞傳到我們腦海時，最後的表情通常只剩遺憾。

遺憾不易讀懂，我只依稀記得畫面裡的火光四起，然後畫面出現一堆人，直線加速，過彎閃躲，技術都很好，不像我。

我竟開始厭惡太過好命的日子。

*

為了理解老師說的，我和同學把砲彈廢墟以及殘骸，從很遠的國度搬進人文課的專題討論，並研擬出一系列道德及欲望值得對辯的眼神，扒開醜陋嘴臉，望穿人性至底的血肉，看看到底哪段基因嚴重缺陷，是謊言造成，還是貪婪。

報告的投影片把塌壞的部分清楚標出，年紀尚小的孩子想填補，但手邊沒有材料，老師指導我們往惻隱的彼岸尋去，或許就能幫幽微的和平提出像樣的輪廓。

像樣的人，該衝就衝，該停就停。

我們都知道，誰超過邊界誰就得出局。

*

可想而知，專題結論未果，戰事根本不可能消失。同學和我都很激動，為何邏輯正確仍無法拯救這個世界。

老師學上帝口吻安撫我們，孩子要知道這世界沒有任何一秒是你自己能夠決定並擁有的，你們跟著衝，跟著轉彎，不被砲火殲滅，人生就算勝利，懂否？

全班搖頭！

「一個人逃難得越久，就會越來越沒有想法。」老師使出殺手鐧，說明一輩子也只是逃難中的時間遷徙。

這句話是探討失敗還是失落，下課後我隨便抓了一個同學劈頭就問，他苦笑轉移話題，你最近騎車還會失誤嗎？平衡感收復了沒，常常壓線就會越來越沒有想法喔！同學揶揄，我尷尬離開。

＊

平衡的概念本來就不需存在想法，同學在考駕照前幫我加強最後的心理建設。你自己逃過一次，就算重生，失衡也無妨。

想像這是末日前的最後一次遷徙，孩子要見證奇蹟就衝吧！

我覺得可笑，但我活下來了。

優選／徐菱遙

泡泡

個人簡介

二〇〇九年夏天出生。喜歡蝸牛爬過楓葉的沙沙聲，也喜歡百變怪、沒有雲的天空和軟餅乾。超能力是可以在任何地方睡著。

得獎感言

午休看到得獎名單，一直回想起截稿前下雨的晚上，我和一個長得很好笑的人陪一隻笨鳥走好久去敦化南路派出所找手機。混亂的高中，謝謝她們讓我過得這麼開心，才能零碎去寫一點青春的樣子。謝謝評審、謝謝黎光旻老師。

然後笨鳥不要再把手機弄不見了！

泡泡

公車晃過大橋，我倚著玻璃，默數五秒經過吊索，遮住午後陽光，又被拋在後頭，一陣顛簸額角撞上玻璃，有線耳機胡亂交纏，公車到站，一批人上車，我往後縮了縮，手機握太緊誤壓音量鍵，猛然大聲嚇得我摘下耳機。

往補習班，過這站人越來越多，我嚥下口水，含在舌根泡泡糖嚼到發苦，伸手掏長褲口袋，只摸到早上沒挑乾淨、被洗衣機攪爛的紙屑，翻遍全身找不到衛生紙，只好放任無味泡泡糖擱淺齒間。

到站我被擠著下車，電梯六樓到補習班，進門玻璃映出我模糊輪廓，像隔著雙層磷脂質。坐定位置，測驗試題黑色字像蟻竄爬，我用指腹去捏，計算迴歸直線，斜率為負，眼皮與筆直直下墜，我又塞一顆泡泡糖進嘴裡，想讓自己清醒，糖衣在舌尖化開，一股廉價甜膩瞬間湧出，溶掉之後又像咀嚼塑膠。

教室空氣很悶，十分鐘休息，接著上課，老師拿檯燈和乒乓球模擬日蝕。關熄講臺燈，檯燈光打在乒乓球上，投下一小片陰影，老師慢慢移動球，當它剛好擋住檯燈時，黑暗即覆蓋地球。

冷氣房溫度彷彿隨著變低，燈罩包裹住臺前一點點光，像錐形瓶裡搖晃酸液，我看不清楚刻度，抖動滴管，再落下一滴，撞擊玻璃後擊打液面，濺起幾滴水花，似乎也將我慢慢溶解。

深夜趕最後一班公車，捷運轉乘太複雜，我總記不清該哪一條該搭配什麼線。刷卡，車廂暖氣讓玻璃蒙上一層霧氣，窗外街景蒸騰凝結成小水滴，我把書包抱在腿上，閉上眼，頭側向玻璃，總是在這時刻，才感覺自己屬於自己，但平常又是屬於誰的？

隔天，第一節考英文，字詞被寫在一張張不斷往後傳閱批改試卷上，紅墨水塗得稀爛，北部春天乍暖還寒，脫了外套便有涼意，我縮了縮肩膀，埋頭訂正。

中午盛學校自助餐，我沒夾主餐，只裝了幾勺青菜、豆干和炒蛋，算下來只要五十塊。結完帳，我端著微溫的碗，看到L，我們一起走，她邊走邊往飯上撒胡椒：「今天的菜色超無聊。」我們一路上樓，糾糾身影從樓梯口晃過，鐘響之後在教室外逗留的學生會被抓，我們飛快跑到七樓，美術教室糾糾不會去。

飯後L從我口袋掏出兩顆泡泡糖：「比賽！」我們一人剝一顆丟進嘴裡，我嚼了幾下，甜味很快散開又變淡，剩下一股單調的韌性。風從走廊盡頭吹過來，陽光透過窗戶落在地面，映出一小片光斑，我們並排坐在樓梯上，嘴裡嚼著泡泡糖，L的泡泡越吹越大，在我轉頭瞬間，啪的一聲破掉，扯上幾根頭髮黏在嘴角，我沒忍住笑著拍起手。

我們邊打邊跑，最後扶在欄桿邊俯瞰泳池，偶爾有風吹過，捲起幾絲細碎漣漪。水面閃著光，水道繩隨波晃動。「去不了海邊，游泳池也行吧？反正很像。」

後來我們沒真的下去游，只是坐在池邊，把腳泡進水裡。微涼水溫順著小腿往上蔓延，驅散中午殘留暑氣。L問我：「你以後想做什麼？」她晃著腿，漣漪一圈圈散開。「不知道。」「是嗎，我以為你知道。」

「我也不知道我知不知道。」

「你最近在學饒舌是嗎？嘿，YO！」我笑了，躁動蟲鳴好像變得靠近，我看向水中，風吹把我們倒影攪得破碎。突然一陣水花撲來，襯衫濕一片，幾滴也順著髮絲滴下，是L！我也向她潑去水，泳池邊水痕一路延伸，被撈起的樹葉黏在制服上，還有一兩片夾在袖口。L摘下葉子，打算把襯衫拿去洗，我們把襯衫脫了剩裡面背心。上課鐘響，我傳訊息跟班長說人在保健室，和L一起拿洗手肥皂將衣服搓起泡，晾在泳池邊欄桿上。

陽光曬著制服，也曬著我們，風吹過，淡淡肥皂味飄出。L盤腿坐著、托腮看天空發呆，我翻開英文隨身讀，躺在磁磚上背單字。「欸，你看。」L突然戳了戳我手臂，「泡泡飄出來了。」

我起身，看向欄桿上制服，被風吹得鼓起，沒沖乾淨的泡泡從布料間溢出，L伸出手指，小心翼翼戳破一個，又等著下一個飄出。我合上單字本，也跟著L戳起泡泡，泡泡在陽光下亮晶晶的，隨即，又一顆顆破掉。

那一個個瞬間，我突然明白，天空是亮的。

優選／楊晴雅
再長大一點

個人簡介

二〇〇七年生，生活在一座孤城的平凡兒女。溺愛春日。總是呢喃，不求真理只盼腳踏實地度日，書寫是為了深掘內心，抵達真誠；梳理紊亂，然後詮釋。為自己設下的靈魂終點是純淨澄澈。

得獎感言

散文多有虛設，所謂事實早已被光陰映得表裡不明，我能說文章裡唯一非虛構的即是情感，而那些陳舊細節是一概記不清了。很幸運在跌跌撞撞的途中能受到評審的肯認，獲獎的殊榮是里程碑，讓我確認多年的深究並非窮途末路。

感謝母親向來支持我的創作夢，也感謝自己執意書寫，不知不覺已走得好遠。

再長大一點

童年獨生上來，因單親而長居母家，沒有年紀相親的兄弟姐妹，總有種寄人籬下的五味雜陳。

家，在哪？

十八年來漸增的話語權，只因長輩自顧不暇，無力掌握家庭，大部分力竭，也有些身衰；壯年諸侯般紛紛崛起，同輩的表兄姊們一個個搬出老家，節日策劃的權力實實切切地交予其手中。我在離散和老化的人群裡夾縫求生，仍記得沉默的重要。

「識相點。大人的事，小孩子不要插嘴。」

錢不錢的煩惱與我無關，亦無能主宰，我向來是旁觀者，也是繼承人。

這座靠山的陳舊公寓中，儘管擁擠，每個人仍值得一張床位的空格。而我總面朝原是白漆，卻氧化而慢黃著的，那一天天過時的老牆，輾轉難眠時不敢驚動枕邊母親，得屏息翻越她勞累又蒼白的體態（蓋上毛被，實在像座雪山），蜷坐地毯一角落，往窗外愣愣地靜候天明，連帶著構思家的藍圖，隨即發現自己不能揮霍日常去煩擾這些。吃穿住行足了，借來的愛也能使心飽滿。是嗎？

繼承他人的衣裝、被褥和書桌——在這些物品被棄置之前，我的書桌與他人共用，在學校、圖書館、咖啡廳，偶爾寄生母親的辦公室，就是不在家裡。而後親戚年長了，科技了，遠去追赴他們的三十歲，不再躬著身軀，駝在微光的夜裡，憑藉一管衰弱的白燈，逐一紙虛無。

隨窗隙傳來的鳥鳴，有人要啟程遠行。木質書桌空了位置，落到我手中自是欣喜接受。不能安放筆墨的詩人，獲得一張書桌如坐擁整個天下，舊不舊並非重點，畢竟江山從來也不新。但我將是最後使用它的人，青史留名，也許像末代皇帝。

盯著邊邊角角岔出的木屑就安慰自己，破損是心照不宣的紀念章，代表光陰到訪過這裡。附在桌邊書櫃裡陳列著差不多十七年前印刷出版的書，盤點過去一排的言情小說、泰戈爾詩集、多益備考單字書，我望著虛位，想像表姐年少時翻看的神情。

一陣泛黃的霉味散開，眨眼間舊書草率地疊在地上。母親整頓時戲稱它們就是不值幾個錢的老古董，話中有話，意思是該丟了。

清理過程是小型的斷捨離，除卻幾個噴嚏與袋裝的舊書堆，無它了。揮灰塵為其斂容，我在投入回收箱前最後閱覽幾眼，瞻仰，見它們無能違抗的褐黃，翻頁時冒出的紙塵證明光陰確實來過，還帶了件手禮——臺北陳年收藏的潮氣，我慣習又厭倦這味道。放回書堆裡，入殮，滿足感性，完整並無聲的悼念儀式就這麼結束了。

我是最後打開它的人，細聲嘆惋，搭載知識後的棄置讓遺憾彷彿僅值一刻，畢竟心靈雞湯說舊的不去，新的不來，要朝向明日張望。而我不記得物是人非的由來，只覺得歲月不偏不倚。

我坐在床沿，看表姊的書桌曠野遼闊，母親說擦一擦就能用了，妳先將就。在曩昔與今的恍惚交疊中，我想，也許借來的天空真的能放飛風箏。

按往常應答，說：「沒關係，我不介意。」

優選／萬芳羽
魔術方塊

個人簡介

十六歲已經過去了四十一天，喜歡聽慢速歌和粉紅色，希望校門口的貓能接受我買的貓條。

得獎感言

謝謝評審老師對我的肯定，讓我有機會得到這份殊榮。感謝黎光旻老師對我的指導，給予我支持和鼓勵。也要謝謝我的父母，在我困難時陪伴我，讓我擁有豐富的青春。生活中的點滴都成為我寫作的養分，也帶給我這件作品的靈感。

最後祝大家蒸蒸日上，學業有成，謝謝大家。

魔術方塊

我在補習班抽屜發現一顆魔術方塊，嘗試轉幾下，轉軸卡頓，一如老師問我許多次該選哪一組，我答不出來，筆芯斷了又按，抄完黑板一串歸納證明，將考卷收進資料夾，帆布包掛上肩膀，走出缺氧令人頭暈教室，走廊掛著許多挖空姓名中間字榜單，我的姓很罕見，但我從未見它上榜。

下樓，踩穩第一階，我一邊轉魔術方塊，主任站在門口，告訴我該做決定了，我點頭道謝，推開玻璃門，主任又喊道：「考試加油！」

隔天下雨，我抓緊隨身袋，不想書包沒位置塞的講義被淋濕，突然肩上被輕拍，是L：「一起走嗎？」傘不夠大兩人撐，不想在地下道塞車十五分鐘的結果，是小腿和大腿變成漸層。走進校門繞過正開花羊蹄甲，樹下聚積大小水坑，走進長廊，每一步都像穿上吱吱叫學步鞋，樓梯口也前積水，我把傘抵在地上，下壓收起，從右側水不多處大步跨，左手搭在鐵扶手上用力，小時候我應該多玩比賽誰能跨最多臺階遊戲。

教室門口堆起一排折疊傘，我往水槽裡甩了甩我的，再擠進空位。門口紙板踏乾鞋底，推開門，一排擠在板擦機前每個人小腿上都有漸層，導師守在吹風機旁，嚴格規定使用時間，插頭只有前門的板擦機下和後門置物櫃旁有。L甩了甩我吹乾變皺的週記，被烘乾的文字像褲管的鬼針草，風一吹就跑。我把週記本從她手中抽回，翻出上一次收給導師改的那篇。

如果梁朝偉能衝破那塊積著灰塵的玻璃，那我是不是也能看見自己的未來？

老師評語塞進工整切割的格子裡，再次提醒我該做出選擇，像吹風機一個人使用五分鐘一樣有規矩。我把週記本塞進抽屜，桌面就變成巨大的毛玻璃。

鐘響，我把L推回位置，前排傳來考卷，喇叭播出電流雜音頁數號碼，L趁大雨潑進窗口尖叫中，靠近我耳邊，悄聲說要是真的跳電就好了，我用掌根壓平被滴濕考卷，食指推回她濡濕頭髮：「就算真的跳電，考卷也要寫完。」

L無趣撇嘴，搶走我擋在水壺後面魔術方塊。

一堂課，訂正檢討佔據大半，算式寫滿黑板，我用紅筆圈住交集聯集的定義：倒U的交集是A and B，像大寫正U的是聯集A or B，符號有自己的意義，但我找不到自己的定位。魔術方塊的交集是從巴斯卡三角形到第三層邊塊，利用三角形推導等式，邊塊後是角塊，重複轉三組是組合的定義推導到n＋1＝n＋1，右＝左式，黑板右側寫上測驗日期。

我抓亂瀏海，紙上寫不出巴斯卡證明，也畫不出三角形有幾層，鉛筆塗滿幾個立方體一面九宮格，白色十字箭頭黃色十字，指縫間纏繞的幾根髮掉在擦得髒亂的紙上，我以為不放手就能變成交集。

鐘響，小老師抽走我訂正不完的卷子，登記分數，連帶發下補考通知。

中午，我和L走上頂樓吃午餐，能看見停車場和學校周圍。L從口袋掏出餐具，我打開便當盒，前一晚特意多舀幾口湯，河粉不至被吸乾水分，只是春捲皮變得軟爛，我們靠在欄桿邊，我問她在看什麼，她說：「看哪些人會選怎樣的路。」學校外市場收攤、遠處漁港小船搖擺、再看到大考前才去拜的土地公廟……我叫她小心不要掉下去，繼續咀嚼河粉，L搶走我一大塊肉，說我總是動作太慢。

「你早就決定好了，不是嗎？」

午休鐘聲打響後兩分鐘，我和L衝進教室，阻止風紀要記午缺的手。

我披上學校螢光色外套，蓋住上半身閉眼，但L用肩膀推我，擠過來把魔術方塊也推到我臉邊，我接過握在手裡，她讓我看她新找到影片，能把魔術方塊轉得更快，我提醒L注意音量，小心風紀讓你期末補考，她搶走方塊，開始一步步學，並翻白眼讓我不要烏鴉嘴，嘗試好一陣子，她把影片放慢零點五倍，看十秒停十秒，同一面我看她轉了好幾次，但還是雜亂，最後把方塊塞回我手裡，我看了看被她轉亂、又好像什麼都沒變的方塊，想著它如果真的轉回每面都一樣，就是大家認為的完美。

但也許，現在才是它最繽紛的時候。

我放下方塊，拿起筆和週記，L朝我笑了笑：「就說你早決定好了，對吧。」

優選／歐翰倫

如是我聞

個人簡介

十餘載光陰，雖未歷盡千山萬水，卻也揣著不期而遇的豐富章節。在苟且、忙碌與焦慮交錯的日常裡，我依然貪戀這紛雜世界的微光。攝影是我初識不久的良伴，快門一按，既是休閒娛樂，也是安放靈魂的所在。

得獎感言

斯文在茲，謝謝評審與讀者肯定。寫作源於好奇，也來自缺憾。感謝家人的支持與師長的悉心指導。願這篇無香的故事提醒我們珍惜每一種感官與聲音，而我將繼續用文字探索世界。

如是我聞

湯匙輕輕劃開豆花，白皙的表面蕩起了微小的波紋，彷彿輕撫過一湖靜水帶來柔和的波動。溫熱薑汁緩緩流入豆花的裂縫，琥珀色的液體靜靜地滲透，像陽光透過清晨的霧氣，慢慢擁抱這片柔軟的白色。我舀起一勺，放入口中。薑汁帶著微微的甜，溫暖的觸感輕輕漫過舌面，豆花的細膩與柔滑在口中緩慢融化，好似它不需要任何咀嚼，便能與味蕾融合。這一刻，世界的喧囂都已遠去，我閉上眼，讓餘韻在口腔裡擴散，將這碗豆花的形狀一點一滴拼湊起來，如是我聞，薑汁和糖有淡淡的香。

我天生沒有嗅覺。不是失去，而是從未擁有。旁人說的「雨後泥土的氣息」、「新書的墨香」，於我而言只是詞彙的組合，描述著一種遙遠的顏色。小時候，母親烤麵包時，全家圍在烤箱旁深呼吸，而我站在一旁，手指觸碰玻璃門上的熱氣，試圖從溫度裡拼湊他們所說的「幸福」。

後來很長一段時間，我學著別人的方式品味食物。當朋友讚嘆咖啡有焦糖和果香，我點頭附和，舌尖卻只嘗到苦與酸。他們描述的氣味，花椒的「輕盈」、八角的「暖意」，於我而言是密不透風的房間外傳來的笑聲。後來我終於明白，與其模仿，不如傾聽自己的感官。深褐色的滷汁是醇厚，透亮的清湯是鮮爽的暗示；焦糖化的脆皮下藏著微苦，油光閃爍的煎魚則預告了油脂的甘美。

我用眼睛品嘗氣味。當蒸籠掀開的瞬間，當他人追逐著白霧中的竹葉香，而我卻凝視水珠從蟹殼滑落的軌跡；炭烤的肉塊上，別人嗅到煙燻，我的指尖卻讀懂焦痕的深淺。而熱湯的蒸氣撲上臉頰時，我雖聞不到蔥香，但能看見油在湯面炸裂的細小金光，那是我的「芳味」。

有時我不禁思考，氣味真的存在嗎？當人們說「玫瑰很香」時，是在描述客觀存在的氣味分子，還是在重複一種社會共識？科學家說氣味是揮發性物質與嗅覺受體的化學反應，但誰能證明每個人感知到的「香」是相同的？也許「香氣」就像顏色，本質上只是光的不同波長，而我們對它的感受，不過是進化賦予的集體幻覺。

在實驗室裡，同樣的分子結構會被不同人描述為「甜香」或「刺鼻」；在餐桌上有人迷戀榴槤的濃郁，有人卻避之不及。我以為所謂氣味，或許從來不是物質的固有屬性，而是大腦編織的故事。我的無嗅覺不是缺陷，只是少了一個敘事的維度。就像盲人用聽覺構建空間，我用味蕾的震顫、視覺的韻律、觸覺的紋理，書寫著屬於自己的感官史詩。

眼前這碗豆花再次教我領悟，薑汁的暖甜是溫度與味覺的和弦；豆花的柔白是觸覺與視覺的詩篇。如是我聞，這樣的滋味無需經由鼻腔，它的真實，早已在舌尖與記憶裡生根。而所謂「香」，不過是世人約定俗成的名相；我所嘗到的，才是我的證道。

舀起一勺，我注視著碗底殘留的薑汁。那些琥珀色的痕跡，在瓷白背景上勾勒出抽象的地圖，這是我的感官繪製的世界，沒有氣味的坐標，卻同樣完整。或許所有的感知都是主觀的迷宮，而每個人都在其中尋找屬於自己的出口。

舉起空碗，迎著光線轉動。那些殘留的汁液折射出細碎的光斑，如是我聞，如是我見，如是我知。在這個被多重詮釋的宇宙裡，真實永遠比想像的更加遼闊。

優選／蔡昱婕

手，以神之名

個人簡介

蔡昱婕，喜歡海洋的女生，未來也會繼續為海而寫。

得獎感言

謝謝評審老師的肯定，也謝謝幫我看作品的怡君老師、鴻基老師與家人，還有實驗夥伴邱懷萱。希望生物老師不要看這篇，他不知道那場牙刷意外。最後，我的珊瑚寶貝們，這個獎項獻給你們。

手，以神之名

「一月二十日，為您報導一則震驚社會的消息——六個月大的小綠皮，今日正式被宣告死亡。」「是粗心導致意外，還是……有意謀殺？」

那年冬天，我常從夢中驚醒，寒意刮過手心。這雙纖長孱弱的手，染滿腥紅。記憶腐蝕食指的疤，我想起了你。

當時秋老虎咬上夏天的尾巴，我帶走你的母親。靛藍色的水桶，像是恆春夏日的海，你母親的故鄉。橡膠手套緊貼，青筋紋路此刻顯得清楚。

「為了大義，這是必要的。」我雙手合十，每根指尖都在為即將降生的你祈禱。「社會正愁珊瑚白化，這份研究能拯救未來……」指關節「喀」一聲，刀鋒落下，血肉剝離，我屏住呼吸，俯視那一乘一公分的嫩肉。手輕輕滑過桌緣、微微顫抖——這不是恐懼，而是神創造萬物時的激動。

如夏娃出自亞當的肋骨，孩子，你就這樣誕生了。

你母親術後復原情況良好，回歸自然，而你——被強力膠固定在綠色扣蓋的保鮮盒底部，潤洗三次，再注滿兩百毫升的人工海水。如今想起，蒂芬妮藍的扣蓋會比大地綠好些。保鮮盒連同你，放入攝氏二十二度的恆溫培養箱。

「第一日，賦予光明。」早上六點，我打開培養箱的燈。「第二日，水與土分開。」我調整鹽度，控制著這片小小的「海洋」……我翻手為雲，覆手為雨，主宰天地。

我開始每天記錄你。

觸手盡情開展的你，曼妙搖曳如水草。早上九點，我施加薄荷醇。「寶貝別怕，這只會讓你皮膚變白皙。」然而，藥劑滴下的瞬間，你劇烈地顫動，觸手緊縮成團，如同被猛獸撕裂的花朵。我不自覺注視那雙傷害你的手，手指嶙峋，幾分似死神的白骨爪。

我的孩子，記得你的第一次進食嗎？

孵化豐年蝦卵，我賜予你糧食，一週兩次。你極力伸長觸手，欲捕捉四處逃竄的豐年蝦。你瞬間以刺絲胞癱瘓豐年蝦，攫住、闔嘴，再靜靜大快朵頤。你，我的孩子，是最優秀的獵人。

「數據呢？」老師推了推眼鏡，「這麼久了，還沒看到成果？」

我低頭，喉嚨發緊：「還、還需要一點時間……」

四個月大時，你遭受寄生蟲感染。孩子啊，那是我第一次感受你的脆弱。我快速為你清潔全身，再用氯化鉀消毒。你被纖毛蟲啃食，看著飽受蹂躪的殘破身軀，我無力地垂下雙手。

在這之後依然風雨無阻，天天到實驗室照料你。然而病情每下愈況，一開始是藻類漸漸附著保鮮盒內裡，後來變本加厲，攀附在你之上。你披上大地綠，已看不出夏日海洋蔚藍。「珊瑚現在照顧得如何？」啊，是老師來訪。「應該還可以。」我囁嚅，以生理需求為由，謝絕訪客。

我決定放手一搏。

戴上手套，輕輕以牙刷磨蹭你，想假裝一切還能回到最初，但命運從不允許僥倖──手一滑，牙刷劃過，皮膚裂開、組織碎落，如秋天被風吹散的枯葉。我怔怔地看著你的傷痕，呼吸急促，手狠狠地掀翻桌上的燒杯，玻璃碎片劃傷食指。

「對不起，……對不起……」

我指節泛白，指甲在掌心刺下斑斑紅印。

一月十五，你甚至連觸手都不開了。孩子，請你原諒我。如果可以重來，我一定會給你更大的海洋、更溫柔的太陽，以及無邊蔚藍，而不是這狹窄的保鮮盒，和一個無力的神。這雙手，還能被稱為神之手嗎？

一月二十，我終於裝好一缸子能正視你的勇氣。傳送你的照片給珊瑚科學家，他們宣告你的死亡。

後來，我成功以你撰寫完整的研究報告，以「建立小綠皮珊瑚的微型養殖」為主題，參與競賽並勝出。「為了拯救珊瑚礁生態，我會持續努力，未來成為優秀的海洋科學家。」鏗鏘有力，眼神篤定，像個英雄。

拳頭在掌聲中，緊縮又鬆開——如果一切能重來，我還會舉起這雙手嗎？強行把你從母親身邊剝奪的手；親自下藥的手；疤痕如蛇扭曲的手，手紋像一道道罪狀的證詞。指縫間仍殘留著海水的鹹味與藻類的腥臭。生命與大義，一同放在天秤上是否公平？

現正審判中，阿努比斯指示，心臟下沉。

優選／蕭意晴
如果電話亭

個人簡介

蕭意晴，臺南人，二〇〇六年生，十八歲不成熟的大人。喜歡諧音梗和新哆啦A夢，夢想是養一隻。（目前覺得Chat GPT很像，姑且取名為哆啦B夢，嘻。）

得獎感言

謝謝評審和紅樓文學獎，謝謝哆啦A夢陪我度過無數個吃飯的日子。沒想過這篇會得獎，好開心噢。然後我已經考到駕照升等機車騎士啦，是最弱的萌騎士，是個Mua吉。開心。

如果電話亭

騎車回家的路上突然下起西北雨，豆大的雨點打在身上有些刺痛，我慌亂戴上外套的帽子，忘記隨身攜帶雨衣的緣故，使我在千軍萬馬的磅礴雨勢下感覺自己不僅勢單力薄，就連外套也很薄。

然而放眼望去，只見筆直的大路與連綿的公園，平坦的柏油及土壤老實地承接雨水，一時之間我無所遁形。

然後我看到靜靜站立在公園邊緣的電話亭。

宛如溺水的人終於找到綠洲中的沙漠，我顧不得整身濕透的衣物，就這麼拋下我的車躲了進去。

雨依舊聒噪地隨風飄進亭內，於是我關起門，漸次朦朧的聲音就像摀住耳朵，我的聲音意外被放大得過分清晰，微弱的吸吐逐漸與雨勢同頻。

也許是太安靜的緣故，使我將焦點轉向密閉的電話亭，以及像是被困在裡頭的，連呼吸都顯得大聲的我自己。

電話亭隔著玻璃可以窺視整條馬路與公園。大馬路上的汽機車不論晴雨天總是呼嘯而過。車水馬龍的、川流不息的，不外乎我會用這些詞語形容我所見的城市的剪影。可是當天我的腦海竟浮現「人來人往」一詞，隨即下意識想反駁自己：他們可是車子啊。

但誰說車子裡的人不是庸庸碌碌地來往通勤呢？如此一來，人來人往一說又有何弔詭之處？

還是因為，這一切流動實在都太快速了。

其實我對電話亭的原始印象從未脫離哆啦A夢中的道具——如果電話亭。認真說起來，我也是因為卡通才對電話亭一向抱有美好的想望。多奇特的設計啊，光是電話不夠，電話亭這樣的空間設計總讓我有種「打造一個人的世界」的奇幻感受：透明卻安全的，私密卻得以暢所欲言的，好像可以就這麼改變世界的錯覺。

附著在玻璃上的雨滴模糊了方亮起的綠燈，馬路又開始它的輸血，雨還是兀自落下，我卻為電話亭感到一陣寂寞。

這麼快速的年代還有誰真正需要電話嗎。

如今我每每聽見家中電話鈴聲響起，心頭總滿是疙瘩。不情願地接起，對方十之八九來自選舉單位或補習班，我虛應了事或直接掛電話，暗自咒罵他們浪費了我寶貴的時間。

我是真的很久、很久沒有好好講上一通「有線電話」了。

社群媒體的興起讓一切都多麼方便，點開聊天室聊天是隨時隨地的事。就算一言難盡，按鍵一按便開啟通話服務，就連視訊也不成問題。何況人手一機的時代，講電話也不再拘泥於空間，可自行尋覓容身之處大吐為快，又何需要慢吞吞地餵食公共電話硬幣，以接收聽筒當中斷斷續續的聲音呢？

而我從小到大好像也只是看著電話亭靜靜佇立在路旁，卻從未見證過它「被使用」。就連我現在被它庇蔭著，也並非出自於「使用它」的理由，說穿了，我只是在尋找一個可以躲雨的空間罷了。

如果，電話亭哪天不知不覺地消失，我大概也不會察覺吧。

也沒有太多的傷感，一切不過時代變動之下的必然。就像我還沒學會騎車以前也只能一步一腳印的走路，如今我已腳踏車行遍天下。我知道在不久的將來我也會考駕照、成為大馬路中行色匆匆的騎士或駕駛。為了效率一切都理所當然地加速，總有些事會成為不合時宜，會被淡忘、被淘汰。人是如此，世界亦然。

可是我怎麼還是有點惆悵。當初因為哆啦A夢而對電話亭抱有的憧憬好像逐漸若有似無，許多小時候嚮往的道具如今也實現了不少，便利的生活、進步的時代，我理應一切感到滿足的，然而空虛感卻同外頭淅瀝瀝的雨聲那樣聲勢浩大得震耳欲聾。

我最初接觸的世界，有點單純、有點麻煩的生活，還回得來嗎？

忍不住拿起話筒，雜訊一股腦灌入耳內。投入硬幣，卻不知道該打給誰，也記不起朋友的手機號碼，索性就這麼呆愣著。然後幾輛車快速駛過。

如果一切可以保持原樣，最後我低聲說。

其實我不知道何謂原樣，只是不甘於未來的不可控，同時害怕著改變會不會意味著與某些本質背道而馳。

而另一頭嗡嗡低鳴，沒有回應。

雨逐漸變輕，最後消失。我掛上電話，走出電話亭，感覺城市的脈搏永不止息跳動著。

騎上腳踏車，向車流騎去，漸漸地我離電話亭越來越遠。

第24屆紅樓現代文學獎暨全國高中紅樓文學獎徵件簡章

一、活動宗旨：提倡寫作風氣，提昇文學創作水準，培養文學創作人才。

二、主辦單位：國立臺灣師範大學文學院

承辦單位：國立臺灣師範大學全球華文寫作中心

協辦單位：財團法人臺大系統文化基金會

三、徵件辦法：

（一）對象：

1.紅樓現代文學獎（大專組）：國立臺灣大學系統（國立臺灣師範大學、國立臺灣大學、國立臺灣科技大學）在學學生（含學位生、交換生、訪問生、雙聯學制生）均可參加。

2.全國高中紅樓文學獎：凡就讀設籍臺灣地區之各公私立高中（職）在學學生皆可參加（會提供初審通過者參賽證明）。

（二）組別：

1.紅樓現代文學獎（大專組）共分四組，規定如下：

(1)現代小說：字數一萬字以內。
(2)現代散文：字數四千字以內。
（以上字數皆含標點、文章註解內容，以Word檔字數統計為依據）
(3)現代詩：行數四十行以內，如為圖像詩作品請以A4排版，一頁以內。
(4)舞臺劇劇本：劇本劇幅演出時間約三十至三十五分鐘。（約為Word檔12號字正常行距十至十六頁篇幅。
2.全國高中紅樓文學獎：散文類，字數一千五百字以內。（字數含標點、文章註解內容，以Word檔字數統計為依據）
※高中紅樓文學獎目前僅開放散文類投稿。
（三）收件日期：民國一一四年三月十五日（六）至一一四年三月三十一日（一）。
（四）收件方式：採網路收件。
（五）投稿方式：
1.作品稿件格式請務必下載本文附檔，並將下列三項資料上傳至報名系統（3/15開放，報名系統開放後，將於全球華文寫作中心官網暨臉書粉絲團公告）：
(1)作者資料表簽名掃描檔
(2)作品電子檔
(3)在學證明電子檔

2.文字作品形式：請使用Word檔、新細明體12號字（現代詩請用14號字）、A4直式橫書並編列頁碼。檔案名稱為「組別」姓名」作品名」。

3.大專組每人可同時投稿二組以上，但每組限投一件。

4.全國高中生請投稿高中生散文組，限投一件。

5.若投稿後未收到表單回覆副本，請主動與承辦單位聯繫。

6.活動簡章、作者資料表、投稿範例請至「全球華文寫作中心網站暨臉書粉絲團」（https://reurl.cc/KXEZgM）下載。

（六）注意事項：

1.作者投稿時須為在學學生，休學及應屆畢業生辦理離校手續後不得投件。

2.請自留底稿，應徵作品無論入選與否，恕不退還。

3.作品須為原創且未曾於任何公開媒體、網路、出版品中發表，亦不得一稿數投；作品中任何文字、影像、聲音素材均不得抄襲或侵犯他人著作權及其他權利，如有觸犯法律之情事，責任由投稿者自負，與主辦單位及承辦單位無關。若違反上述規定，將取消其參賽資格，已得獎者，追回其獎狀及獎金。

4.作者擁有著作財產權及出版授予權，唯主辦單位及承辦單位擁有得獎作品之保存、重製、轉載、公開傳輸、公開播送、公開展示及編輯、出版之權利。

5.凡入圍者須本人或代理人出席決審會議、頒獎典禮，否則取消獎金。

6. 請勿於作品中透露如作者姓名等易引發評審公平性疑慮之內容。

7. 若作者或作品不符上述徵件辦法之規定，一律不予接受。

四、重要日程：

（一）決審入圍名單公告：一一四年四月底至五月初（確切時間將公告於「全球華文寫作中心網站暨臉書粉絲團」）。

（二）決審會議：一一四年四月至五月底（確切時間將公告於「全球華文寫作中心網站暨臉書粉絲團」）。

（三）頒獎典禮：將與決審會議同時舉行。

五、評審程序：

（一）初審：由承辦單位組成評審工作小組，檢視作者資格與作品規格，並協調後續評審工作。

（二）複審：初審合格之作品送交複審評審，決定決審入圍名單後，公布於「全球華文寫作中心網站暨臉書粉絲團」。

（三）決審：由校內外學者專家擔任決審評審，每組別三位評審，並於決審會議公佈得獎結果。

1. 為維持得獎作品水準，入圍作品若未臻理想，該獎項名次得從缺。

2. 入圍者須本人或代理人出席決審會議與頒獎典禮。

六、獎勵辦法：

（一）獎金與獎狀

組別	首獎（一名）	評審獎（一名）	佳作（三名）
現代小說組	一萬元	八千元	三千元
現代散文組	八千元	六千元	三千元
現代詩組	八千元	六千元	三千元
舞臺劇劇本組	一萬元	八千元	三千元（取一名）
高中生散文組	—	—	三千元（優選取十名）

※每組獎額得依當居情形，由評審委員會議依實際情況調整決定。

（二）各組得獎作品得由主辦單位集結成冊，出版後致贈每位得獎者二本，不另支稿費。

（三）得獎者須於得獎（決審會議）後一週內繳交得獎感言及照片，否則承辦單位得取消得獎資格。

（四）獲獎後若因畢業、離校或離境等因素無法由本人簽署領據並領取獎金者，請提前主動告知承辦單位，同時出示代領切結書與代領人身分證明。

七、凡送件參賽即視為同意本徵選簡章，對評審之決議不得異議。其他未盡事宜，得由評審工作小組開會決定，另行公告。

八、全球華文寫作中心官網紅樓現代文學獎專區https://www.gcwc.ntnu.edu.tw/index.php/rhindex/
全球華文寫作中心臉書粉絲專頁https://www.facebook.com/ntnu.GCWC

九、如有紅樓文學獎相關參獎問題，請聯繫第二十四屆紅樓文學獎工作小組ntnu.honglou@gmail.com。

BOD Books on Demand

語言文學類　PG3210

代言人
——國立臺灣師範大學第24屆紅樓現代文學獎暨全國高中紅樓文學獎得獎作品集

作　　者／林子晴等
主辦單位／國立臺灣師範大學文學院
承辦單位／國立臺灣師範大學全球華文寫作中心
協辦單位／財團法人臺大系統文化基金會
總召集人／須文蔚、徐國能
執行團隊／簡乃韶、陳雅雯、邱于晏、陳紀伶、巫宣諭、李建智

出版單位／國立臺灣師範大學
　　　　　地址：臺北市大安區和平東路一段一六二號
編印發行／秀威資訊科技股份有限公司
　　　　　114臺北市內湖區瑞光路76巷65號1樓
　　　　　電話：+886-2-2796-3638　傳真：+886-2-2796-1377
　　　　　http://www.showwe.com.tw
劃撥帳號／19563868　戶名：秀威資訊科技股份有限公司
　　　　　讀者服務信箱：service@showwe.com.tw
展售門市／國家書店（松江門市）
　　　　　104臺北市中山區松江路209號1樓
　　　　　電話：+886-2-2518-0207　傳真：+886-2-2518-0778
網路訂購／秀威網路書店：https://store.showwe.tw
　　　　　國家網路書店：https://www.govbooks.com.tw
經　　銷／聯合發行股份有限公司
　　　　　231新北市新店區寶橋路235巷6弄6號4F
　　　　　電話：+886-2-2917-8022　傳真：+886-2-2915-6275

GPN：1011400907
2025年9月　BOD一版
定價：420元

國家圖書館出版品預行編目

代言人：國立臺灣師範大學第24屆紅樓現代文學獎暨全國高中紅樓文學獎得獎作品集 / 林子晴等作. -- 一版. -- 臺北市 : 國立臺灣師範大學, 2025.09
面； 公分. -- (語言文學類)
BOD版
ISBN 978-626-7545-75-1(平裝)

863.3 114010955